KB017363

두려워하지 않는 힘

진우 지음

# 두려워하지 않는 힘

힘이 필요할 때 읽는 스님의 문장

불광출판사

먼저 제 글을 인쇄해 책으로 펴낸다는 것에 대해 참으로 민망하고 어색한 마음을 감출 수가 없습니다. 책을 내기까지 많이 주저하고 망설였지만, 이 글을 많은 분들과 나누면 좋겠다는 주위 여러분들의 권유를 끝내 마다하지 못했습니다.

담양 용흥사 몽성선원을 개원했을 때니, 어느덧 10년이라는 세월이 흘렀습니다. 당시 수행자로서 느슨해지는 마음을 다잡기 위해 그간의 공부와 생각을 정리해나갔습니다. 새벽예불이 끝나고 하루가 시작되기 전, 스스로 정진을 다짐하는 결심으로 쓰기 시작한 글이 지금까지 이어지고 있습니다. 그 가운데 몇 토막을 골라 책으로 묶게 되었습니다.

한 편 한 편 읽어 보시면 아실 테지만 그리 흥미로운 글이 아님을 고백하지 않을 수 없습니다. 다만 한 가지, '스스로 마음을 평정하게 다스리면 대자유를 얻을 수 있다'는 점은 꼭 전해드리고 싶습니다. 우리는 세상의 그 어떤 행복 방편으로도 인과(因果)에 따른 불편함과 불행을 면할 수 없습니다. 오직 스스로 일으켜야 합니다. 이 책에서는 인과의 과보로 인해 끊임없이 일어나는 생(生)의 불편함을 어떻게 벗어나야 하는지, 그 근본적인 해법을 설명하는 데 무게를 두었습니다.

수행자들은 삶의 불편함과 고(苦)를 없애려 불철주야 정진(精進)합니다. 그러나 정진은 수행자들만의 전유물이 아닙니다. 보통 사람들도 일상 속에서 불편한 마음을 없애는 근본적인 방법을 통해 스스로 편안한 삶을 찾아나갈 수 있습니다.

서툴고 변변치 않은 글이지만, 단 한 분에게라도 저의 진심이 전달되기를 바랍니다. 그것만으로도 무소의 뿔처럼 좋은 도반이 생긴 것으로 알고 큰 보람으로 여기겠습니다.

책을 내기까지 관심을 가져주신 여러분께 고마운 마음 전합니다.


2019년 여름의 문턱에서
소납 진우 합장

차
례

# 1장.  그래도, 희망

## 2장.  인생, 오늘의 슬픔이 내일의 기쁨이다

# 3장. 지옥을 극락으로 만드는 기술

# 4장. 무심(無心)이 이긴다

# 5장. 깨달음은 어떻게 오는가

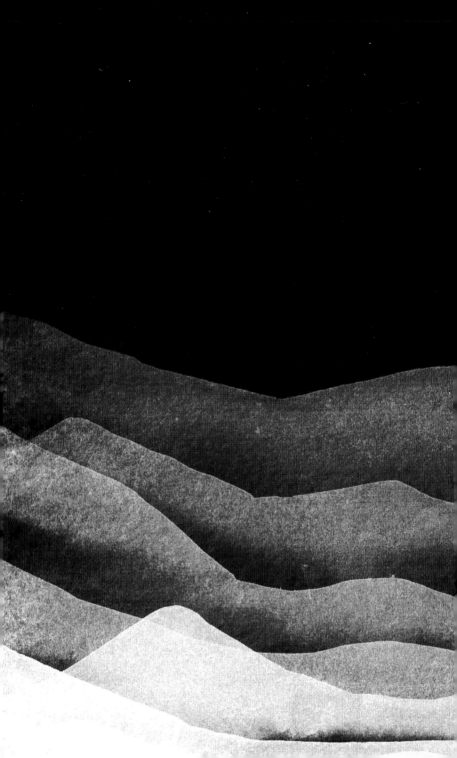

# 1장.     그래도, 희망

# 달팽이의 기도

달팽이 한 마리가 체리나무를 기어 올라갔다.
새들이 놀렸다.
"그렇게 늦게 올라가면 체리는 떨어지고 없을 거야."
달팽이가 말했다.
"내가 다 올라갈 때 즈음엔 체리가 다시 열릴 거야."

O  일견 달팽이가 어리석게도 보이지만 의지와 끈기, 그리고 희망의 교훈을 보여주는 우화다.

사람들은 지나칠 정도로 계산을 많이 하면서 살아간다. 그러나 아무리 머리를 짜고 또 짜서 설사 목적한 바를 이룬다 하더라도 결과적으로 허망하기 그지없을 때가 많다. 그것은 뛴다고 해서 결코 빠른 것이 아니고 기어간다고 해서 결코 늦는 것은 아니라는 것이다. 왜냐하면 모든 일은 때가 있는 것이고, 때가 되어야 이루어진다는 사실이다.

만약 어떤 무엇을 이루려고 할 때 욕심을 앞세워서 노력한 결과가 50이라면, 인과(因果)를 인연에 맡기고 마음을 비운 상태에서 노력한 결과는 반드시 100이 된다. 가끔은 신기한 현상이 생길 때가 있다. 때가 아닌 것 같은데 뜻하지 않게 이루어지는 경우다. 뜻하지 않았다는 것은 마음을 비웠다는 증거이고, 마음을 비운다는 것은 반드시 때가 오고 만다는 사실이다. 따라서 무슨 일이든 당연히 성취될 수밖에 없다는 것이다.

그러니 모든 것을 인연을 믿고 맡겨보라. 마음을 비우면 반드시 이루어진다. 달팽이가 믿는 것은 본인의 비운 마음이고, 기어오름은 기도하는 몸짓이며, 때의 결과는 체리다.

# 어느 축구선수의 부끄러움

세계적인 축구선수 지단은
어릴 때 축구화가 없어서 매일 울었다.
어른이 되어서는 발이 없는 사람을 보고
어릴 때 생각을 하며 부끄러워했다.

○   사람들은 살면서 어떤 때 가장 힘들어 할까? 몸이 아프거나 배고픔에서 오는 고통일 것이다. 그러나 대부분의 경우는 은연중 다른 사람들과의 비교 우위를 차지하려는 욕심이 늘 앞서면서 노심초사하며 자신을 힘들게 만든다.

나보다 더 못한 사람들을 보면서 가끔은 위안을 삼기도 하지만, 대부분의 사람들은 나보다 더 나은 사람들과 경쟁하고 싶어 하고 더 우위에 서고자 늘 고민하며 속상해 한다. 권력과 명예와 돈을 갈구하는 것은 상대적으로 더 잘 살려고 하는 바람 때문이다. 지금의 내 모습보다 더 좋은 것을 잡으려 할수록, 끝없는 욕망의 갈증에서 오는 고통은 계속될 수밖에 없다.

살아가면서 원하는 일이 잘 이루어지지 않을 때, 실망하고 절망하고 분통이 터져 살기조차 싫어질 때가 다반사다. 그러나 소유하면 할수록 잃을 것이 많고, 소유하지 않으면 잃을 것도 없다는 것을 잘 알아야 한다. 소유란 물질적인 것을 주로 생각할 수도 있으나, 그보다 더 중요한 것은 마음의 소유다. 마음 속에 가진 것이 많을수록 더욱 가지려 애태우게 된다. 하지만 마음에 소유한 것이 없고 또 소유하려 하지 않으면, 잃을 것도 버릴 것도 사라질 것도 없을 터이다.

잠시 생각을 돌이켜서 나보다 더 힘들고 어려운 사람들을 생각해야 한다. 내가 얼마다 다행스러운지, 그리고 얼마나 오만

한 생각을 하고 있는가에 대해 다시 한번 생각해볼 일이다. 무엇이 되느냐에 따라 행복이 오는 것이 아니라, 무엇이 되고자 하는 생각을 버려야 행복은 찾아온다. 그리고 비교 분별하지 않는 무심한 마음을 가진 사람은 이미 무엇이 되어 있거나, 무엇이 되게 하려 복(福)의 신장이 도와줄 것이다. 소유하지 않음으로써 복이 올지니, 복은 나를 선업(善業)으로 이끄는 길잡이가 된다.

## 완전한 행복

행복은
과거에 내가 곱게 보낸 시간의 선물이다.
완전한 행복은
불행이라는 생각을 떠올리지 않는 것이다.

O    사람은 왜 사는가?

과거의 습관들이 업장으로 쌓였다가 그 버릇이 다시 반복되는 것을 삶이라 한다. 즐거움도 괴로움도, 기쁨도 슬픔도 모두 과거에 행했던 버릇들이다. 과거의 행을 전생이라 한다면, 지금 행하는 습들이 다시 쌓여 내생의 삶으로 이어질 것이다.

저장된 버릇들이 쌓인 물질을 육신이라 하고, 육신을 통해 느끼는 감정을 마음이라 한다. 몸과 마음이 곧 과거의 습관이고 버릇인 것이다. 몸이 아픈 것도 과거의 버릇이 쌓였다 나타나는 것이고, 생겨나고 늙고 병들어 죽는 것도 과거의 습관이고 버릇이다.

행복이란 과거에 경험했던 기쁨이자 즐거움이며 편안함이 분명하다. 하지만 행복은 불행 없이는 존재할 수 없다. 불행 또한 행복 없이는 나타날 수 없다. 행복 없는 불행이 있을 수 없고 불행 없는 행복이 있을 수 없는 것이다.

크거나 작거나 높거나 낮거나, 좋거나 나쁘거나 즐겁거나 괴롭거나, 결국 존재하는 모든 것은 서로를 의지하며 상대적으로 나타난다. 그러므로 어느 것 하나만을 선택하려 하는 것은 매우 어리석은 생각이 아닐 수 없다.

이처럼 어리석은 생각을 하는 것 또한 모두 과거의 버릇에서 비롯된 것이다. 몸과 마음에 금강석처럼 굳어있는 버릇을 고

친다는 것은 참으로 어렵다. 그렇다 하더라도 낙숫물로 바위를 뚫듯이 분별로 인한 업장(業障)을 반드시 없애야 한다. 그렇지 않고서는 절대 고해(苦海)에서 벗어날 수 없다.

이름하여 완전한 행복이란, 행복과 불행이라는 두 마음의 분별심을 모두 여의어야만 가능하다. 잘못된 전생의 버릇을 고치려면 항상 두 마음의 분별심이 일어나지 않도록 늘 깨어있는 마음으로 살펴야 한다.

# 고운 정 미운 정

만 원밖에 없는 가난한 미혼모가 분유를 사러 갔다.
가게 주인은 한 통에 만 원이 넘는다고 말한다.
힘없이 돌아서는 아이 엄마 뒤에서
주인은 조용히 분유통을 떨어뜨린다.
"통이 찌그러진 분유는 반값입니다."

〇   사람이 살면서 소위 '정(情)을 빼고 살아간다면 무슨 의미가 있을까?' 하는 의문이 들 정도로 서로가 주고받는 정이란 인간의 숙명(宿命)과도 같은 딜레마이기도 하다. 이 장면에서 가게 주인은 아이 엄마의 안타까움을 보고 인간적인 정을 보시(布施)로써 달래주고 있다.

가게 주인의 무한한 정은 더 이상의 수사가 필요치 않을 정도로 매우 감동적이다. 사람이 살면서 이 같은 정만 주고받는다면 무엇이 문제가 되겠는가. 그럼에도 불구하고 사실 불교의 궁극적인 목적은 정을 없애는 대신 중도(中道)의 마음을 갖게 하는 것이다. 인간을 인간답게 하는 것이 정이기도 하지만 인간을 가장 괴롭고 힘들게 하는 것 또한 정이기 때문이다.

고운 정은 미운 정을 낳는 근본 원인이기 때문에, 고운 정 미운 정의 분별을 여읜 자비심이야말로 참된 정이라 할 수 있다. 만약 가게 주인이 분별된 마음 없이 자비행의 발로에서 무심히 행동하였다면, 이야말로 무애행(無碍行: 마음에 걸림 없는 행동)의 극치라 하지 않을 수 없다.

대가를 바라는 베풂은 스스로 편치 않는 과보가 따르게 된다. 베풂을 베풂으로 생각하지 않는 베풂은 나 스스로 편안함을 짓게 함이니, 이를 작복(作福)이라 한다. 작복은 내 앞의 걸림돌을 치워주는 도구가 된다.

## 나폴레옹과 헬렌 켈러

나폴레옹은 평생 6일밖에 행복하지 않았다고 고백했다.
헬렌 켈러는 보지도 듣지도 말을 못해도
평생 행복했다고 한다.
가장 어리석은 착각은
행복의 조건을 마음 밖에서 찾는 것이다.

○   유럽을 정복하여 제국을 건설했던 나폴레옹은 평생 6일밖에는 행복한 때가 없었다고 고백했다. 끊임없는 탐심 때문에 마음 편할 날이 없었던 것이다.

이와 상반된 삶을 산 헬렌 켈러는 보지도 듣지도 말하지도 못하는 불우한 조건에서도, 장애인과 여성을 위해 평생을 희생하며 봉사하고 살았다. 그녀는 어려운 신체조건 속에서도, 평생 행복하지 않은 날이 없었다고 자서전에서 밝혔다.

거개의 사람들은 환경이나 조건에서 삶의 행복을 찾으려 한다. 그러나 아무리 좋은 조건과 힘을 가졌다 하더라도 만족한 마음을 갖지 못하고 욕심을 부린다면, 그 마음 자체가 이미 불행을 안고 사는 꼴이다. 스스로 행복할 겨를이 없는 것이다.

따라서 마음 밖에서 아무리 좋은 조건을 만든다 하더라도, 행복과 불행이 교차하는 마음은 절대 달라지지 않는다. 마음을 먼저 고치지 않고서는 마음 밖의 조건은 쓸모없는 허상에 지나지 않는다.

이와 같은 이치를 깨친 이는 헬렌 켈러와 같은 행복한 삶을 살 것이요, 아직도 마음 밖의 조건에 함몰되어 정신없이 사는 사람은 나폴레옹과 같은 불행한 삶이 될 것이다. 깊이깊이 곰곰이 되새겨볼 일이다.

# 즐거움은 괴로움을 낳고

자신이 하는 행동은
자신이 그대로 보고 배워
자신의 업장에 차곡차곡 쌓이게 된다.
그리고 보고 배운 업장을 다시 또 쓰게 되거늘
남을 속일 수는 있어도 자신의 업장을 속일 수는 없으리.

○  고업(苦業: 괴로운 마음)과 낙업(樂業: 즐거운 마음)이 나타나는 정도에 따라 몸과 마음의 기능이 멈추어지거나 사라지게 된다. 온 정신이 한곳에 집착할 정도가 되면, 아무것도 보이지도 들리지도 않으며 생각을 할 수도 없다.

극도의 고업이 나타날 때는 괴로움의 고통에 정신을 차리기 어렵다. 반대로 극도의 낙업이 나타날 때 역시 즐거움의 기쁨에 정신을 차리기 어렵다. 이러한 극도의 즐거움이나 괴로움이 밀려올 때, 대개의 사람들은 이성을 잃어버리게 된다. 하물며 지금 당장 죽기보다 더한 고통과 괴로움에 휩싸여 있을 때는 옳고 그름이 무슨 소용이며, 자비와 평화, 부처와 보살이 무슨 필요가 있겠는가.

사람들은 온갖 방법으로 괴로움을 피하고 즐거움과 기쁨, 행복을 얻으려 애쓴다. 하지만 마음 안에 고락(苦樂)이 크면 클수록 현실로 나타나는 고락 또한 커지게 된다. 어느 때는 극락의 행복도 맛볼 수 있으나, 낙업의 인과에 의해 어느 때는 죽을 만큼의 고통과 괴로움이 생긴다는 것을 먼저 알아야 한다.

따라서 마음이라고 하는 고락의 업을 먼저 소멸해야 내 앞에 나타나는 인연 현상 또한 걸림이 없어지고 평온하게 된다. 부처님께서는 팔만대장경을 통해 오로지 이 사실을 알리고 있음이다.

자신이 하는 행동은
자신이 그대로 보고 배워
자신의 업장에 차곡차곡 쌓이게 된다.

# 사람의 운명

어떤 가난한 사람이
지지리도 복 없음을 탓하며 울고 있었다.
이를 보고 있던 사람이 안타까워
가지고 있던 금덩이를 창문으로 던져주었다.
그러나 하필 던진 금덩이가 머리에 맞는 바람에
불행히도 그 자리에서 죽고 말았다.

○  복 없음을 탓하기에 앞서 먼저 복을 지었더라면…. 사람의 운명을 정확하게 안다는 것은 매우 어렵다. 부처님께서는 모든 결과는 반드시 원인이 있다고 말씀하신다. 과거를 알려거든 지금 일어나는 내 모습을 보고, 미래를 알려거든 지금 내가 하고 있는 행동을 보라 하셨다.

세상의 모든 모습은 이유 없는 무덤 없고, 아니 땐 굴뚝에 연기 날 리 만무하다. 사람들은 과거의 일은 잊고 눈에 보이는 것만 생각한다. 그리하여 스스로 마음을 더욱 괴롭히는 경향이 짙다. 과거생이란 이 순간을 지나는 때, 어제, 그리고 10년 전, 100년 전, 또는 태어나기 이전의 전생을 가리키기도 한다.

복(福)이란 인과가 윤회하는 모습을 여실히 잘 살펴 아는 마음이다. 따라서 즐거운 일이나 괴로운 일에 대해, 요행을 바라거나 억울한 마음을 가지고 집착해서는 안 된다. 일어나는 하나하나의 현상에 대해 인과와 인연의 소치로 생각하고 집착하지 않는 마음을 가져야 한다. 그러면 결코 괴로운 일은 일어나지 않게 될 것이니, 이를 복이라 일컫는다.

당장의 일에 집착하여 인연에 대해 소홀히 여긴다면, 인과를 피할 도리가 없다. 이는 스스로 괴로운 마음을 자초할 뿐이다. 모든 일에 있어서 긍정하는 자세로 임한다면 마음은 더욱 평안해질 것이다.

# 업과의 한판 승부

조금 놓으면 작은 평화가 오고
크게 놓으면 큰 평화가 오며
다 놓으면 완전한 평화가 온다.
그리하여 나와 업의 싸움은 끝을 맺을 것이다.

O   사람이 사는 목적은 괴로움을 떨치고 즐겁고 행복하기 위함이다. 완벽한 행복을 이룬 부처님과 조사님들의 가르침에 의하면, 괴로움을 완전히 여의기 위해서는 성불(成佛)해야 한다고 가르친다. 성불이란 부처가 되는 것인데, 부처가 되려면 업(業)을 완전히 멸하여 해탈 열반의 경지에 들어가야 한다.

그렇다면 업이란 무엇인가? 마음을 업이라고 한다. 업은 두 종류의 마음을 뜻한다. 이 마음과 그 반대의 마음이다. 즉 이 마음이란 좋고 즐겁고 기쁘고 행복하고 편안한 마음을 말하고, 그 반대의 마음이란 싫고 나쁘고 괴롭고 슬프고 불행하고 불편한 마음을 말한다.

이 두 마음은 서로에 의해 생겨나는 것이므로 늘 교차하여 나타난다. 따라서 이 마음이 생기면 그 반대의 마음인 저 마음이 자동으로 생기고, 이 마음이 크게 생기면 저 마음 역시 크게 생긴다. 반대로 이 마음이 없으면 저 마음도 사라진다. 큰 희망과 바람은 큰 실망과 좌절을, 큰 행복은 큰 불행을, 큰 즐거움은 큰 괴로움을 받는 것이 만고불변한 인과의 법칙이다.

성불을 하고 완전한 행복을 얻기 위해서는, 좋은 생각이든 좋지 않은 생각이든 한 생각마저 일어나지 않아야 한다. 무념무상(無念無想), 무심(無心)을 말한다. 아무 생각이 없다면 어떻게 살아갈 수 있느냐고 묻는다면, 답은 하나다. 그 생각마저 놓으

라. 가능할까? 부처님이 말씀하셨고 역대 조사와 아라한들께서 여실히 증명하였다.

다만 업이 두터워 당장은 어려울 수는 있겠으나, 욕심을 조금씩 내려놓고 마음을 비우도록 노력하면 철갑 같은 업이라 하더라도 조금씩 녹아 없어지면서 마음을 평화롭게 해줄 것이다. 업이 작으면 작을수록, 즉 마음을 놓으면 놓을수록 모든 일이 저절로 잘 될 것이다. 늘 마음을 관하여 탐욕·성냄·어리석음 삼독심(三毒心)을 경계할 일이다.

# 무엇을 믿을 것인가

옷을 꿰매는 데 굳이 긴 창이 필요 없고
비를 피하는 데 굳이 하늘을 전부 가릴 필요 없으며
숨을 쉬는 데 굳이 긴 숨이 필요 없는데
마음을 맑히는 데 굳이 큰 생각이 필요하겠는가?

O　인도 사람들은 대부분 윤회를 믿는다. 그리고 다음 생을 위해 지금을 살아간다. 아무리 고달파도 고통이라고 생각하지 않는다. 지금의 고통이 과보가 되어 내생에는 반드시 기쁨과 즐거움이 오리라고 확신하며 살아간다. 어떻게 보면 참으로 현명한 생각일 수도 있겠으나 한편으로는 너무나 미련한 생각이 아닐 수 없다.

그런데 가끔은 힘들고 어려울 때 희망이라는 것이 큰 위안이 되기도 한다. 만약 희망이 없다면 얼마나 마음이 쓸쓸하고 힘들겠는가. 믿음과 신앙이란 곧 희망을 뜻한다. '이렇게 하면 반드시 좋은 결과가 생긴다'는 것이 곧 믿음이고, 이 믿음이야말로 절대적인 희망이 되는 것이다.

누구나 늙고 병들고 죽는다. 불의의 사고로 인해 조금 일찍 죽을 수도 있다. 그러나 과거는 현재를 낳고 현재는 미래를 낳듯이, 나 또한 과거에도 있어 왔고 미래에도 있을 것이다. 그러므로 희망과 믿음을 가져도 된다. 다만 미지의 세계에 대한 불안감이야 떨칠 수 없다 하겠으나, 태어난 때를 되돌아본다면 그리 걱정하지 않아도 되지 않을까 싶다.

깨쳐서 성불한다면 그보다 더할 나위가 없겠으나, 설사 좀 미련하게 살아가더라도 다음 생을 맞이하는 희망이 있기에 그 또한 나쁘지 않을 것 같다.

## 받아들임

실제로 일어나는 일이 힘든 것이 아니라
힘들다고 생각하는 마음이 힘든 것이다.
인연 따라 움직이는 모습 그대로 믿으면
결코 끄달림 없는 평화로운 마음이어라.

O   해가 뜨지 않음을 걱정해도 해는 뜨고, 해가 지는 것을 걱정해도 해는 진다. 일상생활의 모든 일도 이와 같다. 걱정을 하든 안 하든, 이루어질 것은 반드시 이루어지고 이루어지지 않을 것은 이루어지지 않는다.

만약 예측대로 되지 않은 결과가 생겼다면, 무언가 잘못 판단을 했거나 기대 이상의 욕심을 부렸거나 아니면 자신이 알지 못하는 업장이 발현되었을 것이다. 어떤 결과가 되었든 원인은 반드시 있게 마련이다.

따라서 현명한 이는 결과를 겸허히 수용하는 사람이다. 받아들인 만큼 마음이 편안해지게 된다. 억울해 하거나 화를 내는 것은 고스란히 자기 몫이다. 결과를 그대로 수용하고 인연에 맡기면 된다. 힘들어할 필요도 없고 힘들어 해서도 안 된다. 모든 일은 인과의 법칙대로 인연 따라 움직이기 때문에, 그대로 보고 그대로 받아들이면 된다. 그래서 실재의 현실이 힘든 것이 아니라, 있는 그대로 받아들이지 못하는 내 마음이 힘든 것이다.

신심(信心)은 부처님을 무조건 믿는 것이 아니다. 부처님께서 말씀하신 인과 윤회를 그대로 잘 받아들여서, 현실에 나타나는 실제 결과에 대해 오롯이 잘 받아들이는 마음이 진정한 신심이다. 감정을 잘 다스려서 업장을 조금씩 멸해나가야 안 좋은 팔자가 좋은 팔자로 바뀔 것이다.

## 극락의 맛, 지옥의 맛

사랑의 아픔은 좋아하는 마음에서 오고
가난의 고통은 부유함을 좋아해서 오느니,
이렇듯 모든 괴로움은
좋고 싫은 두 가지 분별로써 생긴다네.

O   어떤 이는 극도의 행복 즉 극락의 맛을 보기도 하고, 어떤 이는 극도의 불행 즉 지옥의 맛을 보기도 하며 살아간다. 평범하게 살아가는 다수의 사람들은 이 두 극단을 피해, 보통의 행복과 보통의 불행을 적당히 뒤섞으며 살아간다.

그러나 우리는 행복에 대한 것은 너무나 당연하게 받아들이면서, 불행이 닥쳐오는 데에는 좀처럼 견디기 힘들어한다. 세상에 공짜가 어디에 있겠는가. 또 인과의 법칙 선상에서 보자면 억울할 일이 하나도 없다. 업인업과요, 자업자득인 것이다.

행복을 위한 성공과 성취에 너무 집착하다 보면, 그에 상응하는 불행의 화를 당할 수 있다. 아니, 당하게 된다. 고통은 욕심의 정도에 따라 정비례로 나타나기 때문이다. 즐거움이 나타나면 그만큼 괴로움 역시 똑같이 생겨난다. 이것은 질량불변의 법칙이고 만고불변의 진리다.

극단적인 괴로움과 지옥 같은 고통은 왜 오는 걸까? 두말할 나위 없이 집착에서 온다. 집착은 왜 하게 되는 걸까? 집착하는 대상으로 하여금 내가 원하는 욕심을 채워 행복하기 위함이다. 감정에만 취해서 복잡한 업의 내용을 단순하게 생각한다면, 고통을 없앨 수 있는 방법은 요원하다. 집착하는 만큼 고통의 과보를 감내해야 한다.

사랑의 아픔은
좋아하는 마음에서 오고
가난의 고통은
부유함을 좋아해서 온다.

# 본능의 대가

죽음이 두려운 것보다 더 두려운 것은
죽음이 두렵다고 생각하는 마음이다.
원하는 것을 다 갖는 것보다 더 어려운 것은
원하는 것을 다 얻으려고 하는 욕심을 줄이는 일이다.

O  욕심이 생기는 것은 본능이다. 본능은 과거로부터, 더 나아가 전생에서부터 이어져온 습관이요 버릇이다. 그러나 욕심을 부린 만큼 대가를 치러야 한다는 것은 만고불변의 진리다.

죽음이 두려운 것은 삶에 대한 집착과 욕심에 의하여 생긴다. 삶의 대가인 것이다. 원하는 것을 성취하려는 욕심 또한 본능에 해당한다. 그러나 원하는 것을 성취하여 기분이 좋은 만큼, 딱 그만큼의 대가를 치러야 한다.

그래서 세상에는 그 누구도 욕심을 부려서 완전한 기쁨이나 완벽한 즐거움, 한없는 행복을 가진 사람은 없다. 있으면 있는 대로 없으면 없는 대로, 누구에게나 희로애락이 다 있는 것이기 때문이다.

누구나 자기의 위치에서 행복과 불행이 같이 있는 것이니, 남을 향해 부러워할 일도 아니요 위화감을 가질 일도 아니다. 마음먹기에 따라 죽음도 두려워하지 않게 되고, 원하는 것이 전혀 필요치 않게 되어 마음 졸일 필요도 없게 되는 것이다.

# 행복은 저절로 온다

원하지 않아도 새벽은 오고 가고
간절히 원해도 지는 해 잡지 못하네.
원하지 않아도 때가 되니 찾아오고
간절히 원해도 때가 아니면 기미 없네.

○ 어느 때는 간절히 원해도 성취되지 않고, 어느 때는 크게 노력하지 않아도 바라는 이상으로 성취될 때가 있다. 이는 해 뜰 시간에 해 뜨길 원하면 저절로 해가 뜨고, 해가 질 때 해가 지지 말 것을 간절히 원해도 해가 지고 마는 경우와 같다. 이처럼 행복이 올 때가 되면 원하지 않아도 행복해지고, 불행할 때가 되면 불행을 원하지 않아도 불행하기 마련이다.

해가 뜨는 원인이 생기면 해가 지는 과보가 저절로 생기는 것은 당연지사다. 좋은 때가 생기면 나쁜 때가 반드시 과보로써 생기는 법이다. 만약 원하는 바가 없으면 원하지 않는 일이 발생하는 과보도 없는 법이다. 득실도 없고, 거래도 없고, 생사도 없는 무해무득(無害無得)의 경지에 다다라서, 마음은 늘 평온에 이르게 된다.

따라서 오고 가는 것은 인연의 모습일 뿐이다. 다만 마음의 애씀을 놓아버리면 모든 것은 저절로 오가는 그림자에 불과하다. 하등의 장애가 되지 않을 뿐더러, 그저 그 모습들이 재미있는 광경으로만 남게 된다. 모든 장애는 저절로 없어지게 되고, 굳이 애써서 집착하지 않아도 평온한 삶이 보장된다.

## 위대한 포기

포기할 것이 전혀 없는 이는
세상에서 가장 위대하고 편안한 사람이라네.
포기는 인연과 가장 친한 벗이 되거늘
위대한 포기는 위대한 희망을 낳는다네.

O  포기란 무엇을 하지 말라는 뜻이 아니다. 설사 바라는 대로 일이 잘 되지 않더라도 속상한 마음을 포기하라는 말이다. 포기는 집착하지 않는 마음을 뜻한다.

손해를 본다 생각하면 그 마음을 포기하고, 기분이 나쁜 일이 벌어졌다 생각하면 그 생각을 포기하고, 사람이 몹시 마음에 들지 않아 미움이 생긴다 하면 그 미움을 포기하고, 어떤 일이 잘 되지 않아 화가 많이 난다면 그 화를 포기해야 한다. 그때그때 포기하는 습관을 길러나간다면, 인과의 걸림이 사라져 풀리지 않는 일이 절대 생기지 않을 것이다.

진정한 포기는 좋은 인연을 만나게 해주는 친절한 벗이 되어준다. 이와 같은 친절한 벗이 생긴다면 얼마나 좋은 희망의 일이 많이 생기겠는가. 그러니 일상생활에 있어 설사 마음에 들지 않는 일이 생기더라도, 그 즉시 미련과 집착을 갖지 않고 포기하는 마음으로 무장한다면 괴롭고 슬퍼할 일이 어떻게 생길 것인가.

# 이자에 이자가 붙는 복밭[福田]

빛이 없는데 눈 크게 뜬다고 보이겠는가.
소리가 나지 않는데 귀 쫑긋 기울인다고 들리겠는가.
마음에 좋은 복(福)이 애초에 없는데
애 쓴다고 없는 복이 나타날 수 있겠는가.

○  어두운 곳에서는 아무리 눈을 크게 뜨고 봐도 잘 보이지 않는다. 또한 소리가 전혀 없으면 아무리 귀를 기울여도 들리지 않는 것은 당연하다. 반대로 빛이 있어 만물이 드러나도 눈이 없으면 보이지 않고, 소리 또한 귀가 없으면 애초에 들리지 않는 것도 당연하다.

마음을 완전히 비운 무심한 상태에서는 이시목청(耳視目聽), 귀로 보고 눈으로 듣는다고도 한다. 이러한 경지는 마음을 맑혀 맑은 마음을 가질 때 가능하다. 현대 심리학에서는 눈으로 말하고 몸으로 듣는 소통을 넌버벌(nonverbal, 비언어적) 커뮤니케이션이라고도 한다.

아무튼 마음에 있는 것은 눈이 없다고 하여 안 보이는 것이 아니고, 마음에 없는 것은 눈이 있어도 보이지 않게 되는 것이니, 어두움은 마음에 없는 것이 나타나는 때에 이른 것이고, 소리가 들리는 것은 마음에 있는 소리가 나타나는 때에 이르러 소리가 나는 것이다.

복(福)이란 보통 좋은 때가 다가오는 것을 일컫는다. 이러한 복은 인과에 걸리는 가복(假福, 가짜 복)이라, 좋은 때가 다가오면 좋지 않은 때가 다가오기 때문에 진정한 복이 아니다. 그렇다면 무엇이 진정한 복일까?

결론적으로 인과에 걸리지 않는 복이 진정한 복이다. 좋은 것과 좋지 않은 것을 분별하지 않으면 그것이야말로 최고의 복이라 할 수 있다. 왜냐하면 '좋다, 좋지 않다'에 걸리는 분별의 마음이 없으니 그 어떤 것에도 장애가 생기지 않기 때문이다.

만약 금덩이가 하나 생기는 복이 있다면 그 순간에는 좋아할지 모르나, 옆에 있는 사람이 더 큰 금덩이를 가진 것을 보는 순간, 그 즉시 좋아하는 마음은 사라지고 오히려 아쉬운 마음이 생기고 말 것이다. 때문에 분별하는 마음이 없어야 진정한 복을 얻을 것인데, 무심하지 않는 마음으로는 절대 진정한 복을 얻을 수 없다. 무엇을 얻는다고 하여 복이 있는 것이 아니라, 이러쿵저러쿵 분별하지 않는 마음을 가져야 좋은 복이 온다는 것을 명심해야 한다. 매사에 연연하지 않고 무심한 마음으로 그때그때 최선을 다한다면, 그 마음이 이자에 이자가 붙는 무량한 복덕으로 다가올 것이다.

# 긍정의 위력

빛은 나의 눈을 뜨게 하고
어둠은 나의 마음을 뜨게 한다.
아름다운 것은 나의 눈을 즐겁게 하고
시련은 나의 마음을 튼튼하게 한다.

O  모든 생명은 생로병사의 외길을 오고 간다. 그러므로 잃는 것은 얻은 것에 의해 사라지게 되고, 얻은 기쁨만큼 잃는 슬픔을 겪게 마련이다. 그러므로 얻는 것에 흥분할 필요도 없고, 잃는 것에 대해 그리 애석할 일도 아니다.

따라서 긍정의 마음으로 생각하면 모든 것이 달라보인다. 잃는 것은 얻기 위함이요, 죽는 것은 새로 태어나기 위함이요, 어두운 밤은 새벽을 맞기 위함이요, 해가 지는 것은 다시 뜨기 위함이요, 실패는 성공을 위함이요, 슬픔은 기쁨을 위함이요, 속상한 것은 편안함을 위함이다.

매사를 긍정의 마음으로 맞이하면 세상에 속상할 일은 하나도 없다 할 것이다.

# 가시밭과 명당

좋은 복을 가진 사람은
가시밭에 있어도 명당처럼 편안하고
박복한 업을 지닌 사람은
명당에 있어도 가시밭인 줄 안다.

O  무언가 원하는 바가 있으면, 욕심으로 인해 그에 따른 대가를 치러야 한다. 그러므로 마음을 비우지 않고서는 결코 복이 올 틈이 없다. 그러한 이치로 복이 없는 사람은 욕심이 앞서 분별을 하게 되니, 명당도 가시밭이 된다. 반면에 복 있는 사람은 욕심이 없어 분별하지 않으니, 가시밭도 명당으로 변하게 한다.

복이란 마음을 비웠을 때 슬며시 다가온다. 욕심 없는 빈 마음이 되어야 비로소 복이 생기는 것이다. 그럼 어떻게 해야 욕심 없는 마음이 될까? 순간순간 마음을 놓는 연습이 필요하다. 생각을 놓고 또 놓다 보면 걸림 없는 선택을 자연스럽게 하게 된다. 그렇게 하다 보면 싫다는 생각이나 불편하다는 마음은 어느 틈에 사라지고, 저절로 순리를 따라 편안한 행동으로 이어질 것이다.

무슨 일이든 마음을 놓지 못하고 우왕좌왕하다 보면, 걱정 근심이 끊임없이 따르기 마련이다. 하지만 순간순간 일어나는 생각을 놓고 또 놓고 마음을 비우게 되면, 그 어떤 선택을 하더라도 최선의 선택이 될 것이다. 어떤 상황에 처하더라도 마음을 비우고 행한다면, 스스로 복이 생기고 막히는 일은 결코 일어나지 않는다.

# 그래도, 희망

해가 지는 것은 다시 뜨기 위함이고
바람이 부는 것은 잠잠해지기 위함이다.
어둠은 밝음의 씨앗이고
절망은 희망을 위해 기꺼이 과거가 되어준다.

○ 해가 뜨고 지는 것은 너무나 당연한 상식이다. 한쪽이 나타나면 그와 반대되는 또 다른 쪽의 모습이 나타나는 것은 필연적이며, 계속하여 반복된다. 이와 같은 현상은 모두에게 해당되는 모습이고 마음의 모양이기도 하다.

해가 뜨면 반드시 지고, 태어나는 것은 언젠가는 죽음을 맞는다. 음식을 짜게 먹은 만큼 갈증이 심한 것과 같이, 모든 일에 있어서도 욕심을 부린 만큼 대가와 후유증이 나타나고 만다. 생각이나 감정이나 마음 또한 같은 이치다.

지금 행복하다고 해서 늘 행복할 수 없고, 반대로 지금 불행하다고 해서 계속 불행해지는 것은 아니다. 평균적으로 모든 중생의 업은 똑같다. 다만 업을 받는 때와 장소, 모습이 다를 뿐이다. 누구나 탐진치(貪瞋痴: 탐욕·성냄·어리석음) 삼독심(三毒心)을 가지고 있기 때문에, 그 삼독심의 크기에 따라 약간 차이가 있을 수는 있으나 결과적으로 누구나 고락(苦樂)의 업은 피할 수 없다.

그러므로 누구든 자신의 위치에 대해 더 좋아할 것도 더 나빠할 것도 없다. 다만 같은 무게와 질감을 가진 희망과 절망의 업을 똑같이 받는다 하더라도, 이왕이면 희망이라는 쪽에 무게를 두면 살아가는 데 한결 힘을 얻을 수 있을 것이다.

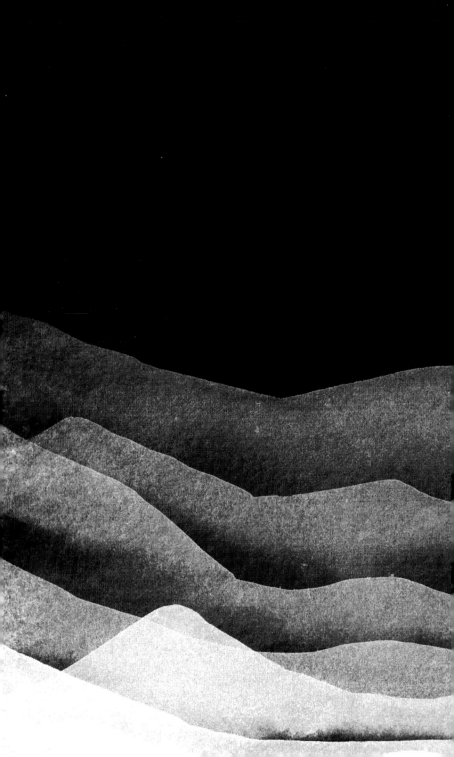

# 2장. 인생, 오늘의 슬픔이 내일의 기쁨이다

## 좋은 것이 좋은 것이 아니다

좋은 것을 굳이 구하려 하지 말라.
나쁜 것이 기다리고 있다.
나쁜 것을 굳이 피하려 하지 말라.
좋은 것이 기다리고 있다.

ㅇ  마음을 편안히 하려면 세상의 모습을 좀 더 정확히 볼 필요가 있다. 아울러 마음의 흐름을 똑바로 알아야 한다. 결론적으로 말해, 세상의 모습과 마음의 모양은 크게 나눠보면 서로 다른 두 가지가 있을 뿐이다. 즉 "이것이 생기면 저것이 생기고 이것이 없어지면 저것도 없어진다(此生故彼生 此滅故彼滅)"는 『화엄경』의 요체(要諦)이고 상대성 원리다.

기쁨이 생기면 슬픔도 생기고, 즐거움이 없으면 괴로움도 안 생긴다. 기쁨은 슬픔의 상대적 현상이다. 따라서 기쁨은 슬픔이 있기 때문에 생기며, 슬픔은 기쁨이 있기에 생긴다. 밀물이 있으니 썰물이 있고, 해가 떴으니 해가 지는 것과 같은 이치다. 동전의 양면과 같다.

이것이 나타날 때와 저것이 나타날 때가 다를 뿐, 서로 상반된 두 모습은 반드시 교차하여 나타난다. 아울러 우리 삶의 모습도 이와 한 치 다를 바가 없다. 이를 일러 인과(因果)의 법칙이라 한다. 따라서 좋은 것, 기쁜 것, 즐거운 것, 아름다운 것을 구하면 구할수록 나쁜 것, 슬픈 것, 괴로운 것, 추한 것이 똑같이 예약되어 있음은 너무나 자명하다.

오늘 웃을 일이 있었으면 언젠가는 반드시 울 일이 있을 것이고, 오늘 성공하여 기뻤으면 언젠가는 똑같은 크기로 실패의 슬픔을 맛볼 것이다. 그러므로 결코 좋은 것이 좋은 것이 아니고 나쁜 것이 나쁜 것이 아니다. 이처럼 삶의 모습은 의외로 간단하다. 오늘의 기쁨은 어제의 슬픔이요, 오늘의 슬픔은 내일의 기쁨이다. 그러므로 감정의 폭이 작을수록 성인과 가깝고 평안의 친구가 된다.

# 개구리를 구할 것인가 말 것인가

한 스님이 양개 선사께 물었다.

"뱀이 개구리를 잡아먹는데 어찌 해야 합니까?"

"구해준다면 자연의 질서를 깨뜨리는 것이고, 구해주지 않는다면 한 생명을 저버리는 일이 될 것이다."

"그럼 어찌해야 합니까?"

"자연의 질서도 깨뜨리지 않고, 생명도 저버리지 않는 길을 택하여라."

"……."

○　이 세계는 양 극단이 서로 맞물려 돌아간다. 나고 늙고 병
들고 죽는 생로병사(生老病死)가 그렇고, 갖춰지고 머물렀다 허
물어져 사라지는 성주괴공(成住壞空)이 그렇다. 지구상의 모든
물질은 서로 떨어졌다 합하고 모였다 흩어지는 이합집산(離合集
散)을 반복한다. 사람의 몸도 지수화풍(地水火風)이 잠시 모였다
가 지수화풍으로 돌아가기 마련이다.

"자연의 질서도 깨뜨리지 않고, 생명도 저버리지 않는 길을
택하여라."

이 말은 현실적으로 불가능한 모순된 말일 수도 있다. 그러
나 그 의미를 잘 살펴보면 정답을 찾을 수 있다. 선입견을 앞세
우지 않는 마음 상태에서 개구리를 구해도 되고, 그냥 뱀에게
잡아먹히게 놔둬도 된다. 이 모두 질서도 생명도 저버리지 않는
마음을 뜻한다.

어차피 이렇게 해도 생로병사의 인연이요, 저렇게 해도 성
주괴공의 인연 모습이다. 단지 나의 아상(我相) 때문에 '좋다 나
쁘다, 옳다 그르다' 하고 섣불리 판단하여, 스스로를 불편하게
만드는 것이 문제라는 것이다.

세상은 인연 따라 스스로 잘 돌아가고 있다. 괜한 간섭으로
인해 스스로를 불편하게 하지 말고, 일일이 끄달리고 집착하는
마음에서 벗어나 여유 있는 마음으로 매사를 대해야 한다. 『금

강경』의 "머무는 바 없이 마음을 내라(應無所住 而生其心)"는 최고의 기도가 될 것이다.

# 경주 최 부잣집의 비밀

경주 최 부잣집이 삼백 년 넘게
만석꾼으로 내려올 수 있었던 것은
어느 노스님의 말씀 한마디를 잊지 않았기 때문이다.
"재물은 분뇨와 같아 한 곳에 모아두면 썩은 냄새가 나서 견
딜 수 없으니 골고루 사방에 흩뿌리면 거름이 되는 법이니
라."

○ 누구나 재물을 모으려 한다. 첫째는 의식주를 해결해주는 수단이기 때문이고, 둘째는 재물로써 사람들을 부릴 수 있어 명예와 권력을 갖게 하는 것이기 때문이다. 그러나 재물이 모이는 것은 마음을 먹는다고 해서 모여지는 것은 아니다.

세상의 인연이란 어느 것이든 한 가지만 나타나는 것이 아니라, 한번은 이것이 나타나고 한번은 저것이 나타나는 때(시간)가 있는 것이다. 어느 때는 있다가 어느 때는 없고, 어느 때는 들어왔다가 어느 때는 나가고, 어느 때는 많았다가 어느 때는 적어진다.

따라서 누구나 이러한 인연 현상을 벗어날 수는 없으니, 다만 들락거리는 때의 문제다. 누구는 인과의 시간에 따라 밀물이 들어오듯 재물이 생기는 때를 만나는 것이고, 어떤 이는 썰물 때의 인과에 걸려 재물이 나가고 없는 때를 만나게 되는 것이다.

재물은 욕심을 부린 만큼 그것에 비례해서 나가고 없어지는 강도가 크다. 쌓아둔다고 하여 쌓이는 것이 아니라, 썩은 분뇨와 같이 크게 낭패를 보게 되는 것이다. 오히려 욕심을 내려놓고 보시하여 나눈다면 마음을 비운 만큼 거름이 되어 다시 되돌아오는 법이다.

노력하여 욕심을 부린 만큼 얻게 되는 것도 많을 수는 있

겠으나, 바다의 밀물이 들어온 만큼 그대로 썰물이 되어 나가게 된다. 얻은 만큼 잃게 됨은 자연과 인연의 절대적인 법칙이니, 들고 남에 집착하여 스스로 마음을 상하게 해서는 안 될 것이다.

# 묶여있는 낙타

중동의 유목민은 밤에 낙타를 묶어둔다.
아침이 되면 묶어둔 끈을 푼다.
그래도 낙타는 도망가지 않는다.
계속 묶여있다는 잠재의식 때문이다.
중생도 익혀진 습기(習氣)로 살아간다.

○ 업(業, 카르마)이란 한 번 두 번 반복된 습관이 행동으로 나타나는 것이다. 눈·귀·코·혀·몸·생각으로 기억된 육식(六識)이 몸과 마음에 잠재되어있다가, 때가 되면 보이고 들리며 나타난다. 느끼는 감정 또한 마찬가지다. 때로는 생각하기도 전에 몸과 마음이 먼저 반응하여, 절로 웃음이 나기도 하고 눈물이 나기도 한다.

업을 종자식(種子識)이라고도 하는데, 씨앗만 보고는 어떤 모습으로 성장할지 모른다. 그러나 "콩 심은 데 콩 나고 팥 심은 데 팥 난다"는 말과 같이 씨앗 속에 이미 미래가 담겨있다. 그리고 업은 좀처럼 바뀌기 어렵다. 감정이나 행동 역시 업에 따라 나타나는 것은 당연하다.

감정은 두 가지로 된 업식이다. 좋은 기분의 기쁨과 즐거움, 나쁜 기분의 슬픔과 괴로움이다. 이 두 감정이 가장 큰 업이고 업의 본질이라고 할 수 있다. 그 어떤 이가 어느 때 어디서 어떤 모습으로 살아가든, 이 두 감정은 피할 수도 없거니와 계속 반복된다.

낙타가 말뚝에 묶여있다. 낙타는 당연히 풀려져있을 때보다 불편할 것이다. 그런데 이때 낙타가 '풀려져있다면 얼마나 좋을까'라고 생각을 했다면 몹시 괴로울 수도 있겠으나, 이런 분별된 생각 없이 무심한 상태였다면 괴로움은 느낄 수 없을 것이다. 따라서 끈을 풀었을 때 습관적으로 도망가지 않은 것은 습기(習氣) 때문에 그렇다 치더라도, 그리 중요한 장면은 아니다. 풀어짐과 묶임의 분별된 생각만 없으면 괴로움은 나타나지 않기 때문이다.

우리가 살아가는 데 있어서도 '좋다, 싫다'라는 분별된 생각만 없으면, 그 어떤 상황을 맞는다 하더라도 문제될 것은 없다. 나에게 인연 된 모든 것은 결과적으로 남들보다 더 좋을 리도 더 나쁠 리도 없다. 다만 각자가 가지는 업의 시간이 달라서, 어떤 사람은 좋은 때가 온 것뿐이고 어떤 이는 나쁜 때가 왔을 뿐이다.

일어나는 현상에 대해 초연한 마음을 가지고 감정의 바람을 잠재운다면, 스스로 마음이 투명해지는 것을 느낄 것이다. 감정을 제어하는 가장 좋은 방법은 초연한 마음을 갖는 것이다.

# 시간의 묘술

시간이 가는 것은 고통의 기억을 사라지게 함이요
시간이 오는 것은 기쁨의 희망을 품기 위함이네.
가는 시간 잡지 말고 오는 시간 막지 않으면
시간은 항상 즐거운 마음에 멈추어 있으리.

○   시간이란 때를 말하는 것으로서, 지나가면 과거가 되고 다가오지 않은 시간은 미래가 된다. 그리고 현재를 지금이라 하며, 이 세 가지 종류의 시간을 삼세(三世)라 한다. 시간의 실체는 본래 없으나, 관념의 망상이 만들어낸 업의 모양에 불과한 허상이다. 그러나 마음의 모양에 따라, 때로는 길게 때로는 짧게 얼마든지 달라질 수 있는 것이 또한 시간이다.

시간은 즐거움과 괴로움의 감정을 반복하여 실어다주는 인과의 수레에 해당한다. 각자의 업에 따라 원인과 결과를 가져다주는 마음의 수레가 시간이다. 따라서 어차피 즐거움의 시간과 괴로움의 시간은 똑같은 무게로 번갈아 다가오게 되어있으므로, 그 어떤 누구라도 시간을 피해갈 수 없다.

이처럼 피할 수 없는 시간이라면 어떻게 맞이해야 할까? 괴로움의 시간은 과거로 빨리 털어 보내버려야 한다. 그리고 미래의 시간은 아직 다가오지 않았으니 미리 걱정하는 마음을 가질 필요가 없다. 이렇게 시간을 잘만 사용한다면 늘 편안한 마음을 유지할 수 있는 묘술(妙術)이 될 것이다.

## 삶의 의미

삶에 있어 주어진 의미는 본래 없다.
다만 스스로 부여한 만큼 주어진다.

O  살짝 어려운 내용이다. 그러나 조금만 생각하면 그리 복잡하지 않다. 우리가 사는 사바세계를 유위(有爲)세계라 한다. 유위란 무엇인가? 있는 것, 즉 존재하는 것처럼 보이는 착각의 세계를 말한다. 생겨난 것은 찰나찰나 변하며 결국은 모두 사라지고 만다. 따라서 있는 것처럼 보일 뿐이다. 생각과 감정도 이와 같다.

한 번의 좋은 때가 있으면 한 번은 반드시 나쁜 때가 생기고, 열 번의 나쁜 때가 있으면 열 번의 좋은 때가 반드시 생기게 마련이다. 따라서 어떤 목적을 가지고 어떤 형태로 무엇을 하며 어떻게 살아가든, 본래 주어진 고정된 의미는 없다는 것이다.

행복과 불행 이 둘의 크기와 양은 똑같이 나타나기 때문에, 스스로 생각하고 감정을 부여한 만큼 스스로 주어진 삶을 살게 된다. 그리고 생각과 감정을 부여한 만큼 스스로 그 대가를 치르며 살아가게 된다. 자업자득이다.

바다 속에서 무슨 일이 벌어진다 한들 바다는 그대로 바다이고, 하늘에서 별난 일이 벌어진다 한들 우주는 그대로 우주가 아니던가. 지금도 내 마음의 생각과 감정이 생로병사의 춤을 추며 분주할 뿐이다. 이를 멈추게 하려면, 지금 이 순간 일어나는 생각과 감정을 그대로 놓아야 한다. 이를 참선(參禪)이라 한다.

# 마음 안과 마음 밖

한 스님이 만행을 하기 위해 길을 떠나려 하는데
노스님이 물었다.
"세상은 무엇이라 생각하는가?"
"세상은 모두 마음이라 생각합니다."
"그럼 저 바위는 마음 안에 있는가, 밖에 있는가?"
"마음 속에 있습니다."
"허허! 먼 길을 떠나는 사람이 왜 무거운 바위를 담아가려
하는가?"

○   만행(萬行)이란 안거 기간에 수행을 한 스님이 그동안 공부했던 내용을 더욱 견고히 하기 위해, 세상을 두루 보고 들으며 다니는 것을 말한다.

노스님은 안거를 마친 스님이 공부가 얼마나 되었는가를 선문답을 통해 시험하고 있다. 세상을 보는 것도 나요 듣는 것도 나라고 한다면, 나의 안목과 생각으로 세상을 바라보는 것이다. 그러므로 "세상은 나의 마음이다"라고 하는 대답은 지극히 당연하다.

그러나 세상이 마음 안에 있는 것이라면, 거울에 비친 것과 같이 마음 바깥에 있는 것 또한 똑같이 생길 수밖에 없다. 이렇듯 노스님은 세상이 마음 안에 있든 밖에 있든 차이가 없다는 것을 깨우쳐주고 있다. 바위가 마음 안에 있건 마음 밖에 있건, 아무런 차이도 없다는 말이다.

다만 마음 안에 있는 것이 그대로 비쳐져서 세상이 만들어지고 있다는 것까지는 알았다 할지언정, 그렇다고 욕심이나 근심걱정이 사라지는 것은 아니다. 마음 밖에서 벌어지는 슬프고 고통스런 모습을 보고 '이것은 마음 안에서 작용하는 것이구나' 하고 알아차린다 한들, 슬픔과 괴로움이 그 즉시 사라지는 것은 아니라는 데 문제가 있다. 단지 필요한 것은 어떻게 분별의 씨앗을 잠재울 것인가에 있다.

# 누구를 원망할 것인가?

도토리가 토끼 머리에 떨어졌다.
놀란 토끼가 달아나자
덩달아 모든 동물들이 달아난다.
결국 사자도 따라 달아났다.

O 『비유경』에 나온 이야기다. 겁이 많은 토끼는 '하늘이 무너지고 땅이 꺼지면 어떡하나' 하고 어리석은 생각을 하다가, 마침 도토리가 머리 위로 떨어지는 바람에 화들짝 놀라 달아났다. 이에 옆에 있던 토끼들도 놀라 다 함께 달아나자 여우도 따라 달아나고 늑대도 함께 달아나고 모든 동물들이 다 같이 달아났다. 결국 힘센 사자도 놀라 달아났다는 웃지 못할 이야기다.

우리네 사람들이 살아가는 모습도 이와 다르지 않다. 굳이 많은 생각과 고민을 하며 애쓰지 않아도 충분히 마음 평온하게 살아갈 수 있을 터인데, 마치 동물들처럼 스스로들 속아서 힘들게 살아가는 모습이 안타깝기 이를 데 없다.

사람이 살아가면서 이해하지 못할 일들은 부지기수로 나타난다. 아무 죄도 없는 사람이 갑자기 사고를 당한다거나, 갑작스런 자연재해로 인하여 많은 사람이 희생되기도 한다. 또 정의가 불의에 의해 무참히 짓밟히는 경우도 허다하다. '묻지마 사건'도 비일비재하다. 모든 것이 정상적이지 않으며 도무지 이해불가의 일들이 너무도 많이 벌어진다.

그렇다면 이렇게 이해 못할 일들을 누구에게 따지고 누구를 원망해야 할까? 단지 재수가 없어서 우연히 희생되는 것일까? 태풍이나 해일로 인해 피해를 봤다면 태풍과 바다를 원망하며 세세생생 원수로 삼아야 할까?

세상에는 원인 없는 결과는 있을 수 없다. 본인의 혜안(慧眼)과 지혜가 없어서 이해를 못하거나 모르는 것일 뿐, 모든 것은 우연히 일어나는 것이 아니라 필연적으로 일어날 수밖에 없는 것이다. 따라서 본인의 짧은 생각으로 함부로 판단하고 억울해 하거나 화를 내거나 남을 원망하면, 내 자신만 힘들고 괴로울 뿐 그 과보를 면할 수 없다.

다만 분별심과 극한 감정을 내지 않으며 인과를 믿는 마음을 항상 간직할 수 있다면, 우리의 마음은 늘 편안한 적멸의 마음이 될 것이다. 이것이야말로 '진정한 기도'라고 할 수 있다.

# 정(情)이란 무엇인가?

이러쿵저러쿵 골백번 궁리해도
이 기분 저 기분 변덕스런 감정뿐.
이성과 지성으로도 어찌 할 수 없을 때
기도와 참선은 마지막 자산이리니.

○　중생의 마음은 정(情)으로 이루어졌다. 정을 느끼는 것이 감정이다. 그래서 중생을 유정(有情)이라 한다. 정을 빼면, 목석(木石) 또는 부처다.

정은 크게 나누어 세 가지로 분류한다. 즐거운 정과 괴로운 정, 즐겁지도 괴롭지도 않은 무정(無情)이다. 이를 불교 유식(唯識)에서는 수온(受蘊), 즉 고수(苦受)·낙수(樂受)·사수(捨受)를 합쳐 삼수(三受)작용이라 한다.

생각과 감정은 같이 가기도 하고 따로 가기도 한다. 대개의 사람은 생각하면서 감정을 느낀다. 어떤 그 무엇을 생각하면 기억과 함께 즐겁기도 하고 괴롭기도 하며, 무정하기도 한다. 참고로 부처와 보살, 아라한과 조사스님들은 감정을 완전히 여읜 자비와 적멸이 있을 뿐이니, 생사와 생멸이 없다.

그런데 즐거운 감정이나 괴로운 감정, 그리고 즐겁지도 괴롭지도 않은 감정 중에 어느 하나만 생겨도 나머지 다른 두 개의 감정이 같이 생기게 된다. 세상에 절대적인 것은 없다. 서로가 서로를 의지하며 인과적으로 생멸 변화할 뿐이니, 그 어느 것 하나만을 선택한다고 하여 문제가 해결될 수 없는 것이다. 문제는 고락사(苦樂捨)의 감정이 번갈아서 자가발전하여 계속적으로 윤회하게 되니, 이 고리를 끊느냐 마느냐 그것이 문제다.

마음을 완전히 편안하게 하기 위해서는 고락사의 감정 자체를 여의어야 한다. 물론 어려운 과제다. 감정에 매몰되어 계속적인 윤회의 사슬을 끊을 수 없기 때문이다. 이것의 해결은 그 누구도 대신할 수 없으니, 무소의 뿔처럼 혼자서 갈 수밖에 없다. 조금이라도 빨리 이 문제를 해결하기 위해서는 삶의 방법을 새롭게 모색하여 마음 수행의 기치를 높이 내걸어야 한다. 참으로 다행인 것은 부처님의 거룩한 행동지침이 있다는 사실이다. 이에 입각하여 당장이라도 기도, 참선, 보시, 정진의 틀을 하루빨리 갖춰야 한다.

# 어떻게 살 것인가?

희망이 있으면 있는 대로
성취해나가는 보람이 생기고,
바람이 없으면 없는 대로
채울 욕심이 없어 아쉬움도 없으리.

○  우리가 사는 세계는 상대적인 인과가 오고 가는 세상이다. 따지고 보면 얻은 것을 잃을 뿐, 더 이익을 보거나 손해를 보는 일이 없다. 그러니 이렇게 살든 저렇게 살든 결과적으로 득실이 없다는 것이다.

다만 도둑질의 기쁨은 감옥이라는 괴로움을 낳고, 성공의 기쁨은 머지않아 실패의 고통을 낳게 되며, 연애의 즐거움은 이별과 증오의 슬픔을 낳고, 젊음의 기쁨은 늙음의 슬픔을 낳게 된다.

세상의 물질은 형체가 있는 고체와 불이든 물이든 흘러가는 액체, 그리고 그 액체는 다시 고체와 액체가 사라진 것처럼 보이는 기체로 변한다. 고체는 액체가 되기도 하고 액체는 고체와 기체가 되기도 하지만, 보이지 않는 기체는 다시 고체와 액체로 변하여 서로가 서로를 의지하며 돌고 돈다. 살아가는 인연 모습 또한 이와 다르지 않으니, 그저 돌고 또 도는 인과의 윤회일 뿐이다.

어떤 인연에 의해 서로가 서로를 상대하며 희로애락을 이루는 것이 고체와 같다면, 이러한 인연들이 서로 영향을 주고받으며 흘러가는 세월을 액체로 비유할 수 있다. 또한 그 인연이 생로병사하여 결국은 사라지는 모습을 기체와 같다 할 것이다. 그러나 이 기체 또한 영원히 사라지는 것이 아니다. 다시 액체와 같은 시간의 흐름을 이어, 고체의 형체가 다시 생겨남을 반복하는 것이 인과의 모습이다.

'나'라는 몸을 가진 고체로 살아가다가, 물의 흐름과 같은 굽이굽이 생로병사의 액체를 지나서, 죽은 몸은 지수화풍(地水火風)의 사대(四大)로 돌아간다. 결국 형체가 없는 기체와 같은 영혼이 되어, 인과의 인연에 의해 다시 고체의 몸을 받는 윤회를 거듭하게 된다. 이와 같이 서로가 서로를 의지하며, 돌고 또 돌며 흘러가는 세계를 사바세계라 한다.

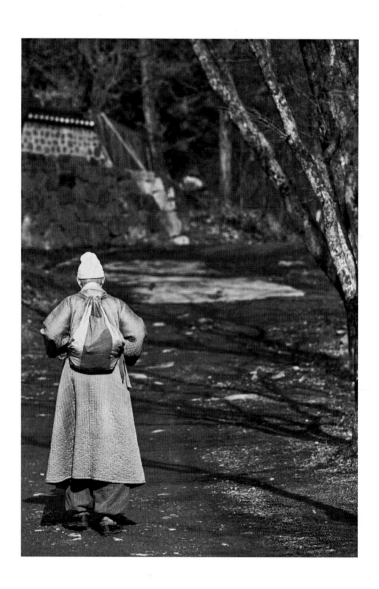

바람이 없으면 없는 대로
채울 욕심이 없어
아쉬움도 없으리.

# 붉은 화로 속 한 송이 눈

천 가지 계획과 만 가지 생각이
불타는 화로의 한 송이 눈에 불과하네.
둘레 4만km, 70억 인구의 지구 덩어리도
이글거리는 태양의 한 점 눈밖에 안 되는 것을.

O  온갖 생각을 하고 그럴 듯한 삶을 꿈꾸더라도, 모든 것이 본래 공(空)에 지나지 않는다는 뜻이다. 이렇게 궁리를 하고 저렇게 머리를 써본들, 인과의 업을 면하기 어렵고, 생로병사를 피하지 못한다. 부질없이 용을 써서 스스로를 힘들게 하지 말고, 이것이네 저것이네 분별하는 마음 비우고 여여하게 살아가라는 의미다.

욕심 부리고 화내는 마음을 멈추고 오만 잡생각을 일으키지 않는다면 더 없이 좋겠으나, 이를 쉽게 참아내기란 참으로 어렵다. 다만 갖은 감정을 일으키더라도 인과의 도리와 본래가 공인 줄 알고 행한다면, 그나마 마음을 덜 상하게 될 것이다. 한순간 한 찰나라도 이를 놓치지 않는 연습을 해야 한다.

속상하고 화나는 일이 있더라도, 잠시나마 정신을 가다듬고 마음을 조용히 하여 참회의 시간을 자주 가져보라. 이는 스스로의 업을 쌓이지 않게 하는 요긴한 방법이 될 것이니, 매일 조금씩이라도 참회의 습(習)을 길러야 한다. 인생이 무상(無常)하고, 시방삼세가 공이며, 모든 인연이 인과의 모습임을 여실히 깨달아, 잠시잠깐 마음 들뜨는 것도 경계해 스스로를 불편하게 하지 말지어다.

# 오늘은 이런 일, 내일은 저런 일

오늘은 이런 일 있었고
내일은 저런 일 생기겠지.
이런 일 저런 일 인연 따라 나타나고 사라지거늘
내 무엇하러 간섭하여 괴로움을 자초하겠는가.

O  마음을 깨치지 못한 사람들의 버릇이 있다. 착각하는 것을 또 집착하는 것이다. 착각하는 것이란 더 좋은 것이 있다고 믿고 집착하는 것을 말한다. 착각의 망상 때문에 매번 스스로 속고 또 속으니, 그 속에서 고통과 괴로움이 생긴다.

해가 지는 것은 이미 정해져있다. 해가 떴기 때문이다. 이처럼 모든 일의 결과는 이미 정해져있다. 원인을 지어놓았기 때문이다. 세상의 모습에는 오차란 있을 수 없다. 이미 정해진 결과에 대해 화를 내거나 괴로워하는 것은, 착각하고 또 거기에 집착하기 때문이다. 우리가 어떤 결과에 화를 내며 속상해 하는 것은 착각한 것에 대해 집착하는 꼴이다.

어리석은 착각을 하지 않으려면 두 가지 마음을 조정해야 한다. 첫째는 바라는 것이 많으면 실패의 고통도 그만큼 크다는 것을 직시해야 한다. 둘째는 결과에 대해 겸허히 수용하는 자세를 가지고 편안한 마음으로 대해야 한다.

# 윤회의 수레바퀴

한쪽만 보지 말라 두 눈이 있고
한쪽 소리만 듣지 말라 두 귀가 있으며
두말하지 말라 한 입만 있고
진귀한 것도 담아두지 말라 배설이 있다네.

O  자업자득(自業自得), 자작자수(自作自受), 환귀본처(還歸本處), 만법귀일(萬法歸一), 사필귀정(事必歸正), 생사윤회(生死輪廻), 생로병사(生老病死), 성주괴공(成住壞空), 생주이멸(生住異滅) ….

뜻은 조금씩 다르지만 궁극적으로는 같은 말이다.

'자업자득'과 '자작자수'는 똑같은 뜻으로서, 스스로 지은 것은 스스로 받는다는 것이다. 내가 만약 고통을 당하고 있다면 당할 수밖에 없는 원인을 내가 지었다는 말이다. '환귀본처'란 본래 있던 자리로 되돌아온다는 뜻으로, 좋은 것은 좋은 것대로 나쁜 것은 나쁜 것대로 되돌아온다는 말이다.

'만법귀일 일귀하처'는 조주 선사께서 한 말씀이다. 모든 것은 나의 한 마음에서 시작된 것이니, 결국은 나의 마음으로 되돌아온다는 뜻이다. 그러니 누구를 원망하고 누구를 탓하겠는가? '사필귀정'은 모든 일은 반드시 바른 길로 돌아온다는 뜻이다. 콩 심은 데 콩 나고 팥 심은 데 팥 나듯이, 잘못된 것은 눈곱만큼도 있을 수 없다는 말이다.

'생사윤회', '생로병사', '성주괴공', '생주이멸'은 모두 같은 뜻을 지니고 있다. 태어난 것은 반드시 죽고, 죽은 것은 다시 태어난다는 것이다. 좋은 것이든 나쁜 것이든 윤회의 수레바퀴를 면할 수 없다는 말이다.

좋은 것도 비우지 않고 담아두면 썩고 부패하여 병이 되는 것인데, 하물며 좋지 않은 감정과 생각이야말로 더 말할 나위가 있겠는가. 집착은 곧 배설하지 않고 담아두어 병을 낳게 하는 원인이 되는 것이니, 그 어떤 것이든 즉시즉시 버리고 비워야 하겠다.

자, 이제 모든 것을 비우고 마음을 가볍게 하여 눈과 귀와 입을 청정히 할 때다.

# 도둑의 과보

나의 이익에 방해된다고
싫어하거나 미워하는 마음을 갖는다면
내가 얻은 이익은 곧 사라지지만
싫어하거나 미워하는 업보는 고스란히 남아있다네.

O  만약 도둑질을 하거나 사기를 쳐서 남의 것을 뺏는다면 어떤 과보를 받을까?

들키지 않고 성공한 경우라면 나름대로의 기쁨은 있을 것이다. 그러나 그 기쁨은 곧 슬픔의 인과를 낳기 때문에, 기쁨의 크기만큼 슬픈 일이 반드시 생기게 된다. 실패하여 들켜서 망신을 당하거나 감옥에 가는 경우는 그 즉시 과보를 받는 것이 된다. 성공과 실패를 떠나 나쁜 마음이 생긴 데 대한 과보는 반드시 받는다.

만약 크게 지은 죄 없이 평범하고 착하게 사는 경우라도, 살다보면 억울한 경우가 허다하게 벌어지게 된다. 그 가운데 불의의 사고를 당하거나 불치의 병을 얻었다면, 그 업과는 전생부터 비롯되었다고 봐야 한다. 세상에는 절대 우연히 일어나는 법은 없다는 것을 알아야 한다.

그러니 어떤 일을 성취하는 것이 중요한 것이 아니고, 마음 안에 깊숙이 잠재하고 있는 업의 종자(씨앗)를 없애야 비로소 억울하고 괴로운 일이 생기지 않는다. 그러므로 우선적으로 해야 할 가장 중요한 일은 자신의 마음 속에 숨어있는 악업의 씨앗을 없애는 일이다. 이를 업장소멸(業障消滅)이라 하는데, 이 역시 기도와 참선, 보시와 정진이 가장 좋은 방법이다.

# 인과의 덫

착해질 땐 보살의 성품이요
화를 낼 땐 악마의 성품이고
욕심을 부리면 아귀의 성품이니,
성품은 형상이 없는 것이나
쓰는 용심(用心)에 따라 과보를 받는구나.

O   마음이 착해진다는 것은 탐하거나 화를 내거나 복잡한 생각을 하지 않는 때다. 그러므로 이에 미치는 인과의 과보는 평안한 마음일 것이다. 그리고 화를 내는 마음은 내가 바라는 욕심이 제대로 되지 않아서 오는 거친 감정으로, 몹시 불편하고 힘들어지는 마음이다. 이 같은 버릇은 그대로 업이 되어, 화를 내는 일이 또 생길 수밖에 없는 악순환이 반복된다.

그러므로 원하는 바를 얻기 위해 욕심을 내면 낼수록, 그에 따른 혹독한 대가를 치를 수밖에 없는 인과의 덫에 걸리게 된다. 늘 채우지 못해 고통 받는 아귀의 마음을 가지게 될 것이니, 오고 가는 대로 그대로 보고 받아들이는 습을 들이도록 노력해야 한다.

이와 같은 성품은 물리적인 모습과 형상이 없는 것이지만, 스스로 짓고 스스로 받는 자업자득의 업을 갖고 있다. 당장 손해를 본다고 하여 손해가 아니고, 이익을 취한다고 하여 이익이 되지 않는다. 그러니 어떤 상황에서도 불쑥불쑥 참기 힘든 마음을 잘 살펴, 여유로운 마음을 가지고 분별을 내려놓는 습관을 길러나가야 한다. 늘 평화로운 마음이 되어 진정한 좋은 인연으로 살아가게 될 것이다.

# 정처 없이 가는 인생

그렇게 나타났다 이렇게 사라지는 세상
이렇게 생겨났다 그렇게 없어지는 생각
뜬금없이 일어났다 뜬금없이 변하는 감정
정처 없이 왔다가 정처 없이 가는 인생.

O  두 마리 토끼를 다 잡으려는 생각은 어리석기 그지없다. 한 쪽이 좋으면 다른 한쪽은 좋지 않은 것이 사바세계의 모습이고 현실의 모양이라는 것을 잊으면 안 된다. 모든 것을 다 좋게 한다거나, 다 잡으려 하는 마음은 집착과 고집에 지나지 않는다.

최선을 다했는데도 불구하고 일이 잘 되지 않더라도, 모두 인과의 섭리로 생각하고 편안한 마음으로 받아들이는 자세를 가져야 한다. 제아무리 중요한 일도 생로병사를 면치 못하고, 구름이 모였다 흩어지는 것과 같다. 번개처럼 지나가고, 물거품처럼 사라지며, 이슬처럼 없어진다. 이처럼 그림자와 같은 것이거늘, 무에 그리 집착하고 속상해 하며 괴로워할 것인가.

모든 것은 서로 상반된 것이 반드시 있다는 것을 미리 알고, 이 또한 한 순간 생겨났다 사라진다는 것을 항상 잊지 않아야 한다. 그러면 한쪽을 고집하거나 집착하는 마음에서 벗어나 늘 여유롭고 평안한 마음으로 대처하게 될 것이다. 이런 자세야말로 분별을 벗어난 마음이 되어, 그 어떤 일이건 잘 되지 않는 자체가 없어지게 된다.

# 제자리걸음에서 언제 벗어날 것인가

해 뜨고 달 지기를 몇 번이나 보았는가.
봄·여름·가을·겨울 몇 순배나 돌았는가.
나고 지고 철 지나도 더도 덜도 변치 않고
제자리서 도는 모습 그리도 모르겠는가.

○ 사람이든 물질이든 생겨난 것은 모두 반드시 죽거나 사라지게 되고, 무상하고 무상하게 공으로 돌아간다. 이렇듯 생로병사가 윤회하고, 계절이 윤회하며, 감정이 윤회하고, 해와 달이 윤회하고, 잘되고 못되고의 인과가 윤회하게 되니, 예나 지금이나, 너나 나나, 모두가 제자리걸음일 뿐이다.

이렇게 살든 저렇게 살든 그 어떤 행동도 인과에 걸리게 되어 윤회하게 된다. 그러므로 무엇을 하는 데 목적을 둘 것이 아니라, 그 어떤 무엇을 하더라도 좋고 나쁜 분별의 감정을 가져서는 안 된다. 분별하지 않는 마음을 가지려면, 그저 있는 그대로 보고 받아들이는 자세를 가져야 한다. 결코 쉽지 않은 일일 것이나, 그렇다고 이를 해결하지 않고서는 생사윤회의 괴로움을 영원히 피할 수 없다.

일상생활에 있어서 작은 일부터 분별하지 않는 습관을 실천하는 것이 중요하다. 어떤 상황에서도 탐내지 않고 화내지 않으며 망상을 일으키지 않으려면, 늘 인과의 도리를 잊지 않아야 한다.

# 꿈 속의 꿈

돌아보면 이미 꿈이었고
지나고 나니 물거품이었네.
남은 것은 사라지지 않는 잡념뿐,
이 또한 흩어지는 구름과 같으리.

O 꿈은 두 가지 의미를 갖는다. 하나는 잠을 자면서 꾸는 꿈이고, 또 하나는 하고 싶은 희망에 대한 꿈이 그것이다. 공통점도 두 가지가 있다. 하나는 지나고 나면 허망하다는 것이고, 또 하나는 희로애락의 감정을 갖는다는 것이다.

꿈 속에서 아무리 시시비비하며 울고 웃는다 하여도, 깨고 나면 물거품과 같이 사라진다. 우리네 삶도 이와 같다. 아무리 분별하며 더 좋은 것을 찾는다 하여도 남는 것은 허망한 것일 뿐이듯, 쓸데없이 집착하고 욕심 부리며 스스로 마음 상할 일이 아니다.

말 한마디 작은 행동 하나에도 족족 감정이 일어나고, 그 감정에 의해 이렇게도 살아보고 저렇게도 살아본다. 그저 어떡하면 더 즐겁고, 더 유리하고, 더 좋을 것인가에 대해 궁리도 하고 집착도 해보지만, 그럴수록 욕심만 더욱 더 늘어날 뿐이다. 마음은 인과의 파도로 인해 잠시도 쉴 새가 없으니, 마치 꿈 속에서 또 꿈을 꾸고 있는 듯하다.

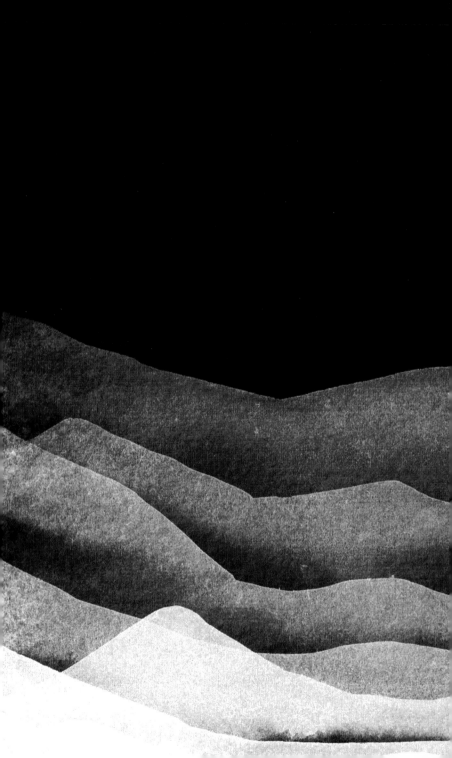

# 3장.　　지옥을 극락으로
　　　만드는 기술

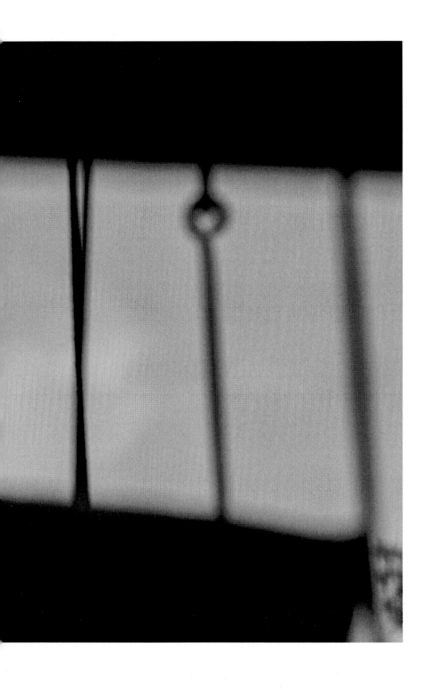

# 생각은 짧고 빠르게 하는 것이 좋다

발 빠른 지네에게 물었다.

"지네야 너는 발이 수십 개인데 어느 발부터 움직이느냐?"

그 말을 들은 지네는 도저히 움직일 수가 없었다.

많은 생각은 오히려 번뇌(煩惱)가 되리니….

○ 무심(無心)은 모든 것을 해결한다. 때로는 아무 생각 없이 무심하게 움직이는 것이 아무 문제를 일으키지 않지만, 오히려 많은 생각이 화근이 되어 일을 그르치는 경우가 종종 있다.

지네의 그 많은 발들 중에 어느 것이 먼저 움직이는지는 지네 자신도 모를 것이다. 그런데 새삼스럽게 어느 발이 먼저일까를 생각하다 보면, 이 발 저 발 수많은 발을 점검하다가 결국 한 걸음도 못 떼고 난망한 상태에 이르고 만다는 풍자적인 내용이다.

따라서 어떤 일에서나 생각은 짧고 빠르게 하는 것이 좋다. 그러나 그보다 더 훌륭한 것은 무심한 마음가짐이다. 어떤 일을 하든 아무 생각 없이 무심히 넘기는 습관을 잘 기른다면 궁극적으로 마음을 편안하게 하는 유일한 방법이 될 것이다.

의외로 무심함은 간단하다. 모든 것을 인과(因果)와 인연을 믿고 맡기면 된다. 더 이상 복잡한 생각일랑 지금 바로 그쳐라. 겨울이 지나면 봄이 오고 해가 지면 다시 떠오른다.

# 히말라야의 수행자

만약 칠흑 같은 동굴에서 홀로 길을 잃었다면,
아무도 보이지 않는 밀림에 홀로 던져졌다면,
원수라도 그립지 않겠는가.

O  달라이 라마 성하를 친견하러 다람살라에 갔을 때, 히말라야의 높은 산들을 여러 번 넘는 기회가 있었다. 산들이 너무나 높아서 식물들은 거의 보이지 않고, 척박하기가 이루 말할 수 없는 그야말로 삭막함 그 자체였다. 그런데 신기하게도 군데군데 양치는 사람이 보이기도 하고, 더욱 놀라운 것은 그 높은 산꼭대기 곳곳에 스님들이 수행하는 사원과 토굴이 있다는 사실이었다.

물 한 방울도 먹기 힘든 열악한 땅에서 살아가는 사람들의 표정이 그렇게도 평화로울 수가 없었다. 그때 불현듯 '내가 만약 홀로 이곳에 남겨진 상황을 맞았다면 과연 그때는 어떤 마음과 어떤 행동을 할 수 있을 것인가?'라는 생각이 들었다. 막막할 따름이었다. 물론 그동안 수행한답시고 공부하며 마음 다스려왔던 조금의 내공 덕으로 어느 정도 버틸 수는 있겠다 싶었으나, 마음 한 편에 숨이 막힐 정도로 몰려오는 답답함은 어찌할 수 없었다.

수많은 사람들과 만나고 헤어짐을 반복해 오면서, 아주 작은 일에도 좋고 싫은 감정을 주고받으며, 때론 가까이 때론 멀리 한 사람들이 얼마나 부지기수였던가. 그런데 나를 아프게도 하고, 싫어하기도 하며, 서로에게 상처를 주고받았던 그 모든 이들조차 오히려 눈물이 날 정도로 고맙고 그리워지는, 전혀 새로운 감정의 형태를 경험할 수 있었다.

　히말라야에 사는 사람들을 만나면서 가장 인상 깊었던 것은 온몸에 밴 겸손함과 평화로움이었다. 그 척박함 속에서도 주어진 환경에 감사하며 순리를 따르는 그들의 미소에서 오히려 편안과 여유를 보았다면 지나친 생각이었을까?

　살면서 혹여 불평불만이 생길 때마다 히말라야를 생각하면, 지금 나를 둘러싸고 있는 모든 사람들과 주어진 환경에 감사한 마음을 저절로 가지게 된다. 겸허한 마음으로 더욱 열심히 기도해야겠다.

# 내가 먹이를 주는 마음

할아버지가 손자에게 말했다.

"사람은 두 마음이 항상 싸운단다."

"하나는 예뻐하는 마음이고 다른 하나는 미워하는 마음이란다."

"누가 이기나요?"

"내가 먹이를 주는 마음이 이긴단다."

○ 사람들은 항상 자기모순에 빠져서 살고 있다. 말하고 움직이고 생각하면 그에 상응한 대가를 치러야 하는 것이 인과의 현실이지만, 그렇다고 가만히 있을 수도 없는 노릇 아니겠는가. 전생으로부터 지금까지 한 행동들이 업으로 남아 과보를 받아야 하기 때문이다.

할아버지가 손자에게 알려주는 내용은 상식적이고 일반적인 내용이지만, 불교적인 의미에서 재해석의 여지가 있다 하겠다.

예쁜 마음과 미운 마음은 어느 한 마음만 생겨도 둘 다 생길 수밖에 없는 분별심의 전형으로서, 하나만을 선택할 수 있는 문제가 아니다. 그러나 역설적으로 하나만을 선택한다는 것은 두 마음을 여읜다는 뜻도 되므로 선(禪)적인 의미가 내포되었다 할 수 있다.

따라서 진정한 예쁜 마음은 분별심이 없는 무심한 마음일 것이고, 미운 마음이란 욕심이 앞서는 마음으로서 과보를 받아야 하는 마음이라 할 수 있다. 어느 것에 먹이를 주는 것은 순전히 본인의 선택에 달렸다 할 것이다.

마음이 예쁘면 보고 듣고 느끼는 것이 예뻐지게 되니, 세상 모든 것이 예쁘지 않은 것이 없을 것이다. 예쁨이란 곧 편안함을 의미하는 것으로, 걸림이 없는 상태를 말함이다.

# "그대는 왜 우는가?"

한 스님이 길을 가는데 어떤 젊은이가 울고 있었다.

"그대는 왜 우는가?"

"저는 원래 눈이 멀었으나 지금 갑자기 눈이 떠졌습니다. 그러나 모든 것이 헷갈려서 도저히 집을 찾지 못하겠습니다."

"그럼 눈을 감고 찾아보게나."

젊은이는 눈을 감고서야 집을 찾을 수 있었다.

○  송충이는 솔잎을 먹어야 살 수 있다. 세상의 모든 것은 타고난 모습으로 살아야 한다. 날고 싶다 하여 새가 될 수도 없겠지만, 설사 날개를 단다 해도 곧 후회하게 된다. 타고난 업을 거스르고 살려는 것은 스스로를 괴롭히는 자해가 된다.

누구나 자성(自性)과 불성(佛性)을 가지고 있다. 불성이란 부처의 마음을 가리킨다. 분별없는 청정한 마음으로서 걱정과 괴로움이 전혀 없는 적멸하고 공적한 자리다. 무엇을 하려고 생각하는 그 순간, 불성은 사라지고 생사, 고락, 윤회의 괴로움은 시작된다.

삶의 근본은 잘되고 못되고의 문제가 아니다. 모든 것을 인과와 인연에 맡기고, 원하는 욕심을 내려놓아야 한다. 업의 순리를 따르면 되는 것이다. 언제 어디서 무엇을 하건 그저 열심히 할 뿐이다. 원하는 마음이 있으면 반드시 원치 않는 일이 생길 수밖에 없으므로, 늘 고통과 괴로움에서 벗어날 수 없기 때문이다.

장님은 더 이상의 원하는 마음만 없다면 크게 불편을 느끼지 않으나, 눈을 뜨려는 욕심이 생기면 그 순간부터 스스로 힘이 들 수밖에 없다. 설혹 눈을 떴다 하여도 그 다음 더 큰 욕심이 생김으로 말미암아, 눈을 뜨지 않을 때보다 더 못한 삶이 될 수도 있는 것이다.

어떤 경우라도 탐내지 말라. 그 과보로 빚쟁이가 될 것이다. 화내지 말라. 그 과보가 나를 불태울 것이다. 요행을 바라지말라. 그 과보로 어리석은 선택을 할 것이다. 한 생각 즉 원하는욕심만 부리지 않는다면, 그 즉시 불성을 찾게 되어 모든 장애에서 벗어나 걸림 없는 마음이 된다.

# 싫고 좋음은 늘 겹쳐서 나타난다

나쁜 것은
이미 지나갔으니 좋고, 아직 오지 않았으니 좋다.
좋은 것은
한 번 맛보았으니 좋고, 또한 기다림이 있어 좋다.

O　예를 하나 들어보자.

"젊을 때는 좋고 늙어서는 나쁘다. 금생의 젊을 때 중에서도 20대는 좋았는데 30대는 나쁘다. 20대에서도 초반에는 좋았는데 후반에는 나쁘다. 21살 때는 좋았는데 22살 때는 나쁘다. 21살 중에서도 봄에는 좋았는데 가을에는 나쁘다. 21살 봄에도 3월은 좋았는데 4월은 나쁘다. 3월 중에서도 보름 전에는 좋았는데 보름 후에는 나쁘다. 보름 전에도 5일은 좋았는데 6일은 나쁘다. 5일 중에서도 오전은 좋았는데 오후는 나쁘다. 오전 중에서도 9시에는 좋았는데 10시에는 나쁘다. 9시 중에 9시 10분은 좋았는데 11분은 나쁘다."

찰나 가운데도 좋고 나쁜 고락(苦樂)이 구분된다. 전생과 금생, 그리고 영겁(永劫) 가운데도 고락이 구분된다. 이를 '중중무진(重重無盡), 제망중중(帝網重重)'이라 일컫는다. 겹친 데 또 겹침이 한이 없다는 말이다. 때와 장소, 형태와 형상, 모양이나 현실의 모습과는 별개로, 고락의 감정은 늘 같이 겹쳐서 나타난다.

물과 오물이 함께 뒤엉킨 오물통을 흔들면 흔들수록 더욱 혼탁하게 되듯이, 마음도 이와 같이 좋고 나쁜 감정을 흔들어대면 늘 혼탁한 마음을 벗어나기 어렵다.

아무리 혼탁한 물이라도 더 이상 흔들리지 않는다면, 오물은 가라앉고 맑은 물은 떠오른다. 마음도 이와 같이 고락의 감정을 자제시키고 조용한 가운데 무심코 행한다면, 맑고 평화로운 무애자재(無礙自在)의 아름다운 마음이 될 것이다.

# 한 줌의 소금을 어디에 넣을 것인가

한 줌의 소금을 작은 물컵에 넣으면 매우 짜지만
넓은 호수에 넣으면 짠맛을 모르듯,
인생의 고통도 소금과 같으니
작은 물컵이 되지 말고 큰 호수가 되라.

○ 넓은 마음을 가지려면 어떻게 해야 하나? 누구나 마음 쓰지 않고 화내지 않고 싶어한다. 그러나 이놈의 감정이 가만있지를 않는다. 위협을 받거나 손해를 볼 때, 내 맘대로 되지 않거나 또는 정의에 어긋나는 것을 볼 때도 화가 난다. 화를 낸다는 것은 나의 몸과 마음이 고통을 받을 때 생기는 본능적인 현상이다.

화를 내면 일시적으로는 속이 시원할지 모르겠으나 반드시 그에 상응한 후유증이 생기게 된다. 화를 한번 내면 그 인자(因子)가 마음 속 업식에 저장이 되고 습이 되어, 다음에 화를 내게 되는 일이 과보로서 또 다시 생기게 된다.

설사 화를 내지 않고 참는다 하더라도 내성이 부족한 이에게는 오히려 화병이 된다. 소위 스트레스를 받아 마음이 극도로 불편해지기 일쑤다. 심하면 몸을 상할 수도 있다. 이럴 때는 어떻게 해야 하나?

이때는 인과에 대한 충분한 이해와 더불어 신심(信心)을 쌓아나가야 한다. 그리고 화가 나는 모습을 스스로 보고 화나는 감정을 점검하면서 과보가 나타나는 것임을 금방 알아채고, 재빨리 마음을 추슬러 감정을 자제시켜야 한다.

화를 내는 것은 스스로 마음을 태우는 어리석은 일이다. 화가 날 때는 일단 참아야 하고, 도저히 참기 어려울 때는 인과에 의한 과보를 생각하면서 그 즉시 화를 삭여야 한다. 이처럼 인과에 대한 신심을 더욱 증진시키고 꾸준히 마음을 살피며 감정을 조절해나간다면, 반드시 평화로운 마음을 갖추게 될 것이다.

# 마음 안에서 동동동

우주가 무너진들 인과의 모습일 뿐이나
마음 움직이면 우주와 함께 무너지고
마음 동하지 않으면 나와 상관없는 일
이런들 저런들 마음 안에서 동동동.

O   바람 불어 먼지가 이는 것도 인과의 모습이요, 따뜻한 햇볕 닿아 꽃이 피는 것도 인과의 모습이다. 태어나는 것 또한 인과의 인연이고, 이 사람 저 사람 만나고, 이런 일 저런 일 겪는 것 모두 인과의 인연에 의해 이루어진다. 희로애락이 일어나는 것도 인과의 질서요, 옳고 그름을 따지는 시시비비도 인과의 얽힘이고, 그리하여 생로병사하는 것 또한 인과의 모습이다.

우리에게 일어나는 모든 일들이 계절이 오가는 것과 다름 없고 해 뜨고 달 지는 것과 같으니, 무엇이 좋고 나쁘며 무엇이 옳고 그르다 하겠는가.

그렇게 지지고 볶고 싸워도 희로애락의 반복에 불과하고, 아무리 옳고 좋은 일이라 하더라도 인과적으로 그르고 나쁜 일로 둔갑되는 것은 시간 문제일 뿐이다. 끝없는 윤회의 반복일 뿐이다. 결국 내 마음 고락의 업에 따라 좋게도 보이고 나쁘게도 보이는 것이다. 그러므로 상대나 대상을 보고 좋다 나쁘다 하는 것은 고양이가 자기 꼬리를 잡으려고 뱅뱅 도는 모습과 무엇이 다를 것인가.

무엇을 꼭 이루려 하거나 반드시 성공해야 한다는 생각은 오히려 위험한 일이 될 수 있다. 주어진 일에 욕심과 집착을 버린 채 인과를 믿고 최선을 다한다면, 여여하고 평화로운 삼매의 경지를 품을 수 있을 것이다.

우주가 무너진들 인과의 모습일 뿐.
마음 움직이면
우주와 함께 무너지고,
마음 동하지 않으면
나와 상관없는 일.

# 올 것은 오고 갈 것은 간다

어제의 희비는 오늘에 이어지고
오늘의 애락은 내일로 이어지네.
마음 모습과 세상 모양은 생멸의 반복일진대
지금의 희로애락도 윤회의 도상(途上)을 못 벗어나네.

O   산다는 것은 우선 의식주의 해결이 바탕이 되고, 오욕락(五欲樂: 수면욕·식욕·재물욕·성욕·명예욕)이 목적이 된다. 오욕을 채우기 위한 기대와 희망도 있겠으나, 이를 성취하기 위해 그만큼의 걱정과 근심도 동반된다. 또한 친한 이나 친하지 않은 이나 서로간에 감정과 신경을 주고받으며, 기대에 부응하면 호감이 생기지만 기대에 반하면 미워하고 증오한다.

누구나 고민을 하며 살아간다. 하루라도 크고 작은 걱정 근심이 없는 사람은 없다. 이는 쌓인 업으로 말미암아 습관적으로 걱정 근심을 하게 되는 경우가 대부분이다. 어차피 마음과 세상의 모습은 인과의 모습에 불과하다. 계속적으로 좋거나 계속적으로 나쁜 경우는 없다. 이제부터는 고민하는 습관을 바꾸도록 노력해야 한다.

나에게 다가오는 온갖 모습의 인연들은 올 것이 오고 갈 것이 가는 인과에 지나지 않는다. 걱정 근심을 하면 할수록 좋거나 나쁜 인연들이 더욱 복잡하게 오게 된다. 모든 것을 인과의 법칙에 의지하고 걱정 근심하는 습관을 그친다면, 결과적으로 안 되는 일은 하나도 없게 될 것이다. 그러므로 한 순간이라도 의심하지 말고 고민하지 말아야 한다.

## 최고의 삶

웃고 울고 사랑하고 미워하되
마음이 머물러서는 안 되느니,
인연 따라 오고 인연 따라 가거늘
집착만은 놓아야 할지라.

○   참선을 가장 잘 하는 방법은 생각이나 감정을 일으키지 않는 마음을 계속 유지하는 것이다. 그래서 화두선(話頭禪)에서는 일념으로 화두를 들고 놓지 않음으로써, 미세한 생각이나 감정조차 일으키지 않으려 불철주야 참선 수행한다. 설사 생각과 감정이 일어난다 하더라도 그 즉시즉시 마음을 놓고 또 놓으며, 생각과 감정을 일으키는 데 대하여 바로바로 참회하며 방하착(放下着)해야 한다.

또 남방불교의 위빠사나(Vipassanā)와 사마타(śamatha) 수행 역시 같은 맥락의 수행법이다. 위빠사나를 관법(觀法) 수행이라 하는데, 있는 그대로 바로 보는 것을 말한다. 좋다 나쁘다 두 가지 분별된 생각이나 감정을 갖지 않고, 산은 산으로 물은 물로 그냥 보는 것이다. 잡념을 일으키지 않는다는 방법에서는 화두선과 큰 차이가 없다. 사마타 역시 그치고 또 그치라는 의미의 지법(止法) 수행이다. 앞뒤의 생각과 감정을 계속 그쳐나가는 적정(寂靜)의 수행법이다. 그런 면에서 놓고 놓는 방하착의 수행과 다르지 않다.

한 생각 한 감정이라도 인과를 벗어날 수 없다는 것은 명백하고 분명하다. 생각과 감정의 업이 생기게 되면 고통의 과보를 계속 받을 수밖에 없으므로, 무조건 놓고 또 놓고 그쳐나가는 방법 이외에는 윤회의 고통을 벗어날 길이 없다.

나에게 어떤 일이나 현상이 일어나면 '인과의 모습이 이렇게 나타나구나' 하고 있는 그대로 보면서, 어지러운 생각이나 복잡한 감정을 절대 갖지 않아야 업이 생기지 않는다. 일상생활에서도 이러한 마음가짐으로 생각이나 감정을 일으키지 않으려 노력한다면, 그것이 곧 참선이다. 물론 복잡하게 살아가는 가운데 일념을 갖기란 참으로 힘들 수 있으나, 좌선을 통해 연습을 충분히 하는 것도 한 방법이 되겠다. 우선은 생활 속에서 마음을 다잡아나가는 훈련도 좋은 참선 방법 중의 하나다.

참선은 괴로움 없이 살아가는 최고의 방법임을 명심해야 한다.

# 나의 업, 너의 업

손에 상처가 있으면
독을 만지면 안 되듯이,
탐욕이라는 흠집이 있으면
작은 일에도 마음을 상한다.

O   마음이 상하는 것은 원하는 대로 되지 않기 때문이다. 욕심이 있어 원하는 대로 된다면 물론 기분이 좋을 것이다. 그러나 원하는 바가 있으면 원하는 대로 되지 않는 과보가 생기기 때문에, 이 또한 마음을 상하는 일이 발생한다. 따라서 마음을 상하는 것은 내가 원하는 것이 원인이 되어 발생하는 것이니, 이를 분명히 알고 살아야 한다.

사람들은 남의 일에 같이 기뻐하거나 안타까워하기도 하고, 질투하거나 쾌재를 부르기도 한다. 같은 일에도 다른 반응을 보인다. 그런데 정작 당사자는 다른 이가 보는 것과 반대로 생각할 수도 있다. 이는 각자의 업이 각각 따로 작용하기 때문이다. 그러므로 본인과 별 상관이 없다면 세상이 뒤집어져도 무심할 수 있으나, 본인과 조그만 인연이라도 얽혀있다면 자기의 업이 요동쳐서 마음이 움직이게 된다.

깨달음을 얻은 이는 탐욕은 물론 분노와 어리석은 마음마저 없기 때문에, 마음 상할 일이 전혀 생기지 않는다. 인과의 흐름을 그저 물끄러미 응시할 뿐이다.

# 잃는 것에 대한 대처법

더 아픈 것보다 지금이 낫고
더 잃는 것보다 지금이 나으며
더 못한 것보다 지금이 훨씬 나으니
이만하여 다행이어라.

O  사람의 심리는 누구나 지금보다 더 나은 것을 원한다. 때문에 지금보다 조금이라도 더 못한 것에 대해서는 참기 어려워한다. 지금 현재 열 개를 가졌다면 그 중에 하나 잃는 것을 두려워하며 견디기 힘들어 한다. 또 하나를 잃을 때마다 집착하고 후회하며 괴로움이 배가 된다. 더 이상 참지 못하고 집착하는 마음이 극에 달하면 이성을 잃고 감정을 제어하지 못해 무리한 행동으로 이어져 낭패를 보는 경우가 허다하다.

이러한 현상은 인과를 알지 못하여 믿는 마음이 없어서이다. 세상에 원인 없는 결과는 없다. 밀물이 들어오면 썰물이 되어 나가는 것이 인과의 이치이고, 나갔던 썰물은 다시 밀물이 되어 돌아오게 되는 것이 인연의 섭리다. 들어오는 밀물에는 기분이 좋다가도 나가는 썰물에는 못 견뎌 하는 것은 도둑놈의 심보와 다를 바가 없다.

열 중에 하나를 잃으면 '아직도 아홉이 남았구나', 또 하나를 잃으면 '아직도 여덟이 남았구나', 설사 다 없어진다 하더라도 '나간 것은 언젠가 들어오겠지' 하며 인과의 이치를 믿고 넉넉한 마음을 가진다면, 마음을 다칠 일은 결코 없을 것이다.

# 생각에 감정을 얹지 말라

어두운 밤 절 마당 돌며 사방을 둘러봐도
보이는 건 밤하늘에 반짝이는 별들과 초승달.
얻을 것 하나 없어 상념 털고 들어오니
소맷자락 듬뿍듬뿍 별빛 달빛 한가득.

○ 생각하는 것과 느끼는 감정을 구분하여 분리하며 살아가는 이는 참으로 드물다. 생각은 삼세의 시간과 시방 공간을 함께 떠올리는 것인데, 여기에 감정이 붙어서 좋은 기분과 나쁜 기분이 교차하며 나타나게 된다. 과거의 일을 떠올리거나 미래의 일을 예측하며, 좋고 나쁜 기분을 느끼게 되는 것이다.

또 생각이란 오랜 습관에 의해 관념화되고 고정되어 있다. 예를 들어 '돈을 벌어야 된다, 성공해야 된다, 건강해야 한다, 권력과 명예를 가져야 한다' 등등의 생각이 고정되어 있다. 그리고 이에 방해되는 일이 생기면 안 된다는 생각 역시 고정되어 있다.

생각한 대로 이루어지면 기분 좋은 감정이 생기지만, 생각한 대로 이루어지지 않으면 기분 나쁜 감정이 생기는 것은 당연하다. 그러나 생각한 대로 이루어지는 일도 있겠으나, 생각대로 이루어지지 않은 경우도 물론 생기게 되는 것도 당연하다. '오늘 옷을 바깥에 널어 말려야 되겠다'라고 생각했는데, 날씨가 좋고 나쁨의 확률은 유동적이다. 마찬가지로 인생을 살아가면서 생각한 대로 이루어지는 경우와 그렇지 않은 경우 역시 유동적인 확률에 해당한다.

생각대로 이루어지면 '이루어지는 것이구나', 생각대로 이루어지지 않으면 '이루어지지 않는구나' 하고 생각은 생각으로

치부하면 아무 문제가 없다. 앞서 살펴본 대로 '이렇게 하면 되고, 저렇게 하면 안 된다'는 고정된 관념과 생각 때문에 감정이라는 기분이 달라붙어 업이 발생하는 것이다.

어떤 생각을 하든 생각은 그 생각대로 얼마든지 하면 된다. 그러나 더 좋은 것은 '되고, 안 되고'라는 생각을 하기보다, '이렇게도 되고 저렇게도 되는구나' 하고 생각하는 것이 현명하다.

이처럼 생각은 얼마든지 할 수 있으나, 감정은 없지 말아야 한다. 인과의 과보로 인해 감정이 계속적으로 윤회하게 되므로, 불편한 감정이 사라지지 않기 때문이다. 그러므로 어떤 상황에서도 감정의 기복 없이 마음을 편안하게 하는 노력이 필요하다.

# 생각은 괴로움을 낳고

아무리 큰 보자기인들 하늘을 덮을 수 없으나
손바닥 하나면 가리고도 남듯이,
아무리 큰 생각도 걱정 근심 면할 수 없으나
한 생각 없애면 팔만사천 번뇌 사라진다네.

O   생각은 자신을 위한 욕심이 저변에 깔려있기 때문에, 궁극적으로 괴로움을 낳는 요인이 된다. 또한 생각은 분별하는 작용의 속성을 가지고 있어, 생각에 따라 기분이 좋아지거나 또는 나빠지게 되는 감정을 내포한다. 그러므로 계속되는 고락(苦樂)의 인과로 인해, 즐거움과 기쁨을 생각하면 할수록 괴로움의 과보를 끊임없이 받게 된다.

아무리 큰 보자기로 하늘을 덮으려 해도 중과부적이듯이, 아무리 좋은 생각과 큰 생각을 한다 해도 생로병사의 괴로움을 덮을 수 없다. 차라리 손바닥으로 가리면 하늘이 보이지 않듯이, 생각 자체를 없애고 놓아버리면 괴로움의 과보가 애초에 생기지 않는다.

당연히 '생각을 하지 않으면 도대체 어떻게 살아가라는 말인가?'라는 의문이 들 수 있다. 이에 대해 좀더 구체적으로 설명한다면, '좋다 나쁘다, 옳다 그르다'라는 집착하는 마음, 즉 감정을 얻지 말라는 것이다. 생각은 곧 시시비비와 고락의 인과를 낳는다. 생각을 놓으면 진실한 행동으로 이어져 인과의 생로병사가 사라지며 괴로움의 과보가 없어진다.

# 좋은 인연, 나쁜 인연

폐허가 된 들판에도 새싹 트고 꽃은 피고
화산 솟은 자리에도 실바람은 불어오네.
이 때가 지나가면 저 때가 반드시 오리니
그래서 이 때도 좋고 그래서 저 때도 좋으리.

○ 사람들은 습관적으로 마음먹은 대로 일이 잘되면 나의 노력과 능력으로 된 것으로 생각하고, 원하는 대로 되지 않으면 주위 환경이나 남의 탓을 하는 경우가 많다. 그러나 나를 둘러싸고 있는 세상이나 나와 인연 되어 만나게 되는 사람들은 나의 마음, 즉 업(業)의 모양에 의해 만나게 된다.

만약 맘에 들지 않는 악인을 만나 속상해 하는 경우, 내 마음의 업 가운데 괴롭고 고통스러운 때에 이르러 나타나는 것이다. 반대로 은인이나 사랑스러운 사람을 만나는 경우는 나의 업 가운데 즐겁고 기쁜 때에 이르러 나타나게 된다.

그러므로 자신의 업이 때가 되어, 이렇게도 나타나게 되고 저렇게도 나타나게 되는 것이다. 좋은 환경과 좋은 사람, 또는 나쁜 환경과 나쁜 사람이 나와 인연이 되는 것은 절대적으로 우연이 아니다. 순전히 나의 업의 모양에 따라 인연지어지게 되는 것이니, 환경과 사람을 탓해서는 안 된다.

그래서 좋은 인연이든 나쁜 인연이든 분별없는 무심(無心) 그대로 받아들여야 한다. '좋다, 나쁘다' 가타부타 하는 분별의 마음을 일으키지 않는다면, 있는 그대로의 모습으로만 보게 된다. 좋은 마음도 나쁜 마음도 없는 편안하고 평안한 상태의 적멸(寂滅)한 마음이 되는 것이다.

# 마음이 찢어지게 아프다면

무게도 없는 것이 쇠솥보다 더 무겁고
모양도 없는 것이 온갖 모습 드러내네.
보이지도 않는 것이 갖은 간섭 다하고
소리도 없는 것이 천둥보다 더 울리네.

O   마음의 보이지 않는 모습을 그려보았다. 그런데 이 게송의 정확한 내용은 감정의 모습을 말한다. 감정이란 수만 가지의 무수히 많은 느낌을 가지고 있다. 크게 대별하여 즐겁고 괴로운 감정, 기쁘고 슬픈 감정, 부드럽고 거친 감정, 희열과 고통의 감정, 까무러치게 좋은 감정과 찢어지게 아픈 감정 등등이다.

이러한 감정은 어디서 오는 걸까? 1차적으로는 몸을 통해서 나오기도 하고, 더 나아가서는 기억과 상상의 생각을 통해서 나온다. 그리고 과거 또는 전생을 통해서 업습(業習)된 버릇과 습관들이 몸과 생각이라는 업식(業識)에 기억되었다가, 비슷한 상황이 되면 때에 맞춰 그대로 나타나는 것이다.

어떤 현상과 인연을 대하더라도 순간순간 분별하지 않는 무심한 마음을 가지고 인과와 인연에 맡겨야 한다. 그러면 과보로 인한 불편과 불안, 고통과 아픔은 나타나지 않게 된다. 그러므로 내 앞에 드러난 현상을 걱정할 것이 아니라, 무심하지 못하고 분별하는 내 마음을 살펴야 할 것이다.

# 자유자재로 사는 삶

본래 마음[佛性] 그리워 가슴을 부여잡고
깨치지 못한 이내 마음 눈물로 대신하네.
깨침도 벗어놓고 눈물도 벗어놓고
배고프면 밥 먹고 곤하면 쉬어가리.

ㅇ  일상의 생활을 영위함에 있어서 세상을 구하는 것보다 더 중요한 것은 '순간적으로 일어나는 탐욕·성냄·어리석음의 삼독심을 어떻게 놓고 또 놓아버리느냐'는 것이다.

사람들은 좋은 욕심, 즉 나를 희생하고 남을 위하는 일이야말로 위대한 생각이요 거룩한 행동이라 생각할 것이다. 그러나 무엇을 성취하기 위해 마음을 먹는 것은 의도하지 않았더라도 스스로 기분을 좋게 하려는 욕심에서 비롯된 것이다. 이 또한 인과를 벗어날 수 없는 것이므로, 반드시 좋지 않은 과보를 받게 된다는 것을 명심해야 한다.

내가 남을 위하지 않아도, 모든 것은 인과에 의해 받을 것은 받게 되고 이루어질 것은 이루어지게 되며 사라질 것은 사라지게 되어 있다. 그러므로 자신의 기분을 위해 함부로 행동할 것이 아니라, 욕심을 놓으면 그 즉시 평상심(平常心)이 된다. 자유자재의 행이 스스로 자연스럽게 나오게 되므로, '어떻게 할 것인가'에 대한 걱정일랑 놓아버려도 된다.

# 내 마음의 눈높이

물은 스스로 흐르는 줄 모르고
바람은 스스로 부는 줄 모르는데
물 흐르고 바람 부는 것은
정작 내 마음이었네.

O    세상이 돌아가는 이치를 안다는 것은 참으로 어렵고 불가능하다. "열 길 물 속은 알아도 한 치 사람 속은 모른다"는 말이 있듯이, 잘 아는 상대라 할지라도 스스로도 모르는 상대의 마음을 알기란 참으로 불가능하다.

6조 혜능 스님께서 길을 가는데, 한 스님은 '바람이 움직인다' 하고, 다른 한 스님은 '깃발이 움직인다'며 논쟁을 벌이고 있었다. 이때 혜능 스님이 "바람이 움직이는 것도, 깃발이 움직이는 것도 아닌 그대들의 마음이 움직이는 것이다"라고 타일렀다. 이 일화에서처럼 결국 모든 것은 내 마음의 문제요, 자신의 눈높이가 문제다.

따라서 보이고 들리는 것 또한 나의 눈높이에 따라 이루어지는 것이다. 혹여 상대에 의해 영향을 받는 것도 내 마음의 눈높이에 따라 좋고 나쁨이 나타나는 것이며, 상대의 행동에 대해 분별심 없이 편안하게 받아들이는 것 또한 내 마음의 눈높이라 할 것이다. 그러니 결국 좋은 것도 좋지 않은 것도 내 마음의 모습에 지나지 않는다.

# 지옥을 극락으로 만드는 기술

극락에서 더 좋은 극락을 찾는 이
그 마음 지옥이고,
지옥에서 더 큰 지옥을 걱정하는 이
그 마음 극락이네.

○ 스스로 속상하고 화나고 괴로운 마음을 갖는 것은 지금보다 더 좋은 것을 바라는 마음에서 생긴다. 극락에서도 더 좋은 것을 바라는 마음이 생기면 극락이 극락이 아니게 되고, 지옥 같은 어려움 속에서도 그나마 지금이 더 큰 지옥보다는 낫다고 생각하면 지옥이 지옥이 아니게 된다.

남들이 보기에 그만하면 괜찮은 삶이라고 평가하더라도, 나 자신 스스로의 마음이 괜찮지 않다고 생각하면 견디기 힘든 삶이 되고 말 것이다. 반대로 남들이 보기에 딱하고 힘든 삶이라고 평가하더라도, 나 자신 스스로 괜찮은 삶이라고 여긴다면 스스로 아무렇지 않은 삶이 되기도 한다. 또한 남들이 무어라 하더라도 스스로 높고 낮음과 많고 적음의 분별된 마음이 없다면, 언제 어디에서 무엇이 되었건 아무런 상관없이 편안한 마음을 가질 수 있을 것이다.

무리한 행동이나 억지 생각, 지나친 집착과 차돌 같은 고집은 스스로 지옥의 늪을 만들어 빠져나올 수 없게 만든다. 가장 좋은 마음가짐은 인과를 믿는 신심이다. 인과란 이것이 생기면 반드시 반대의 저것도 생기는 법칙이므로, 한번 좋은 삶이면 한번은 좋지 않은 삶이 나타나는 것이니, 시간의 문제요 시절의 인연이다.

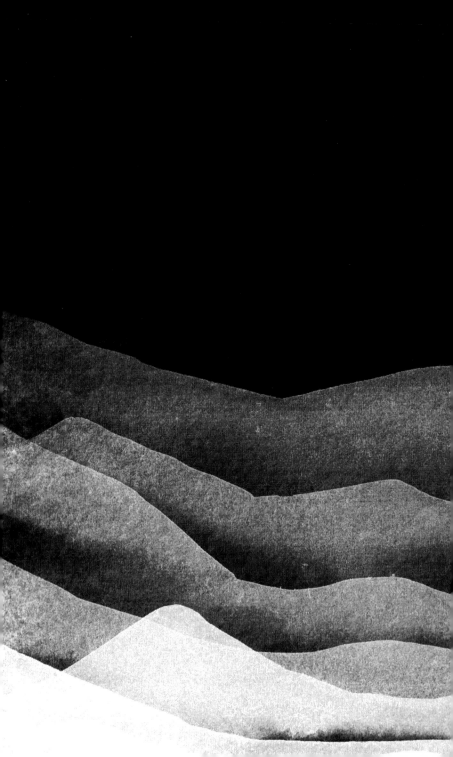

# 4장. 무심(無心)이 이긴다

## 어느 부부의 사랑

사고로 실명한 아내를 매일 출퇴근시키던 남편이
아내에게 이제부터는 혼자 다니라고 했다.
아내는 처음엔 혼자 다니기가 불편했지만
어느새 불편함 없이 익숙해졌다.
그러던 어느 날 버스기사가 말했다.
"훌륭한 남편을 두어 복이 많으십니다."
남편은 늘 아내 옆에 있었다.

O　소소한 내용이지만 충분히 감동적인 이야기다. 이런 경우 남편과 아내, 두 사람 모두 좋은 업을 가졌다고 할 수 있다. 어느 일방이 불만을 갖거나 싫증을 냈다면, 당사자나 두 사람 모두 마음이 몹시 불편하고 괴로웠을 것이다.

보통의 감정을 가진 사람이라면 남편은 남편대로 불편과 불만을 가졌을 것이고, 아내는 아내대로 낙담하거나 히스테리를 부렸을 개연성이 높은 것이 일반적이다. 이 부부는 상대방에 대한 연민과 감사의 마음을 가진 것은 사실이나, 그것만으로는 긴 시간을 무탈하게 함께 하지는 못할 것이다. 아마도 두 사람 모두 무심한 가운데 인연에 대한 무한한 긍정심을 가지고, 순간순간 최선을 다하는 마음의 자세가 몸에 배었을 가능성이 높다.

지루함을 벗어나고자 좀 더 자극적인 즐거움이나 희열을 위해 욕심을 부린다면, 평화로운 패도를 벗어난 행동으로 말미암아 사고를 부르게 된다. 결국 평화는 깨어지게 되고, 그에 따른 과보는 서로간에 고통의 시간만 남길 뿐이다. 세상에는 특별한 것이 있는 듯해도, 결과적으로는 혹독한 대가를 치르게 되는 인과의 굴레에서 벗어날 수 없다.

중생의 업이라는 것은 상대적인 것이라서, 아무리 좋은 조건을 갖추고 있다 하더라도 금방 지루해지는 속성을 갖는다. 그러나 설사 좋지 않은 조건에 있다 하더라도, 분별하지 않는 빈

마음으로 스스로 할 바를 다해 나간다면 괘도를 벗어나는 일이 없다. 지루한 마음도 들지 않을 것이고, 생활 자체가 물 흘러가듯 평화로운 삶이 이어질 것이다.

가장 좋은 마음가짐은 이 생각 저 생각 분별하지 않고 무심한 마음을 갖는 것이다. 이 또한 습으로 안착시키려면 기도가 필수적이다. 기도는 그 자체로도 숭고할 뿐더러, 가장 아름다운 모습을 띠며 스스로의 품격을 높여줄 것이다. 무심히 기도하는 사람의 모습은 몹시도 아름답다.

# 말의 힘

양반 1: "어이 이만득이 고기 한 근만 줘"
양반 2: "이 서방 나도 한 근만 주게"
양반 1: "만득이 이 놈아, 같은 한 근인데 내 것은 왜 이리 작으냐?"
푸줏간 주인 이만득이 말했다.
"예, 손님 고기는 만득이라는 상놈이 자른 것이고 이 어르신 고기는 이 서방이 잘랐으니 다를 수밖에요."

○   재미있는 일화다. 말은 생각에서 나오기도 하지만, 무심코 내뱉는 경우가 다반사다. 사람마다 인격에 따라 말의 품위는 천차만별로 달라진다.

말에는 좋은 말인 애어(愛語)도 있지만, 악구(惡口, 악담), 망어(妄語, 몹쓸 소리), 기어(綺語, 속이는 말), 양설(兩說, 한 입으로 두 말 하기) 등 4가지의 나쁜 말로 나뉜다. 업이 깨끗한 사람은 그 어떤 말을 하더라도 자신의 말에 걸림이 없기 때문에, 상대방의 반응과는 상관없이 늘 편안한 마음을 유지할 수 있다.

불보살의 말씀은 물론, 깨달음을 얻은 조사스님들께서 하시는 말씀은 어디에도 하자가 없기 때문에 스스로 자유자재(自由自在)하다. 다만 듣는 사람의 업에 따라 좋게도 들리고 나쁘게도 들리므로, 이는 어디까지나 듣는 사람의 몫이라 하겠다.

말을 하는 것도 중요하지만 듣는 것 또한 중요하다. 한마디로 업이 깨끗한 사람, 즉 마음에 고락의 업이 사라진 사람의 귀는 청정하다. 그 어떤 말을 들어도 걸림 없이 평안한 마음을 유지할 수가 있는데, 이는 좋은 말과 나쁜 말의 분별심이 없어서이다.

●

# 일상을 살아가다 보면

중년의 백인 귀부인이 식당에서 샐러드를 주문하고 자리를 잡았는데 포크를 가지고 오지 않았다. 포크를 가지고 다시 자리로 돌아오니, 허름한 행색의 흑인 남성이 방금 갖다 놓은 샐러드를 먹고 있었다. 기가 막혔으나 마주보며 샐러드를 끝까지 같이 먹은 후 흑인이 가져다준 커피도 마셨다.

식당을 나온 후 깜빡 잊은 쇼핑백을 찾으러 다시 자리에 와보니 흑인도 쇼핑백도 없었다. 어이없는 표정으로 식당을 둘러보니, 옆 테이블에 자신이 주문한 샐러드와 가방이 그대로 놓여있었다. 자기 자리로 착각하고 옆자리에서 흑인의 샐러드를 같이 먹은 것이었다.

묵묵히 음식을 함께 먹으면서도 아무 말도 하지 않고 커피까지 가져다준 흑인을 생각하며, 귀부인은 웃음을 터트린다.

-영화 〈런치 데이트(The Lunch Date)〉

○ 이 이야기는 9분짜리 단편 흑백영화의 장면으로, 여운이 오래도록 남아 옮겨보았다. 백인 여자의 착각으로 빚어진 해프닝이지만, 흑인의 여유로운 마음이 엿보이는 대목이 매우 인상적이다.

일상을 살아가면서 조금의 손해도 참지 못하고, 상대방은 물론 스스로를 불편하게 만드는 일들이 비일비재하다. 사람은 습관으로 살아간다. 한 번의 생각과 말이나 행동이 버릇이 되어, 다음에 또 그 습관을 반복하며 살아가는 것이다. 어떤 불편한 상황이 벌어졌을 때 한 번 화를 낸다면, 화를 내는 버릇이 습관으로 이어져 다음에 또 화를 내게 되는 악순환이 거듭되고 업으로 쌓이게 되는 것이다.

만약 영화 속의 흑인이 왜 자신의 샐러드를 먹느냐고 화를 냈더라면, 소동이 일어나고 시비가 벌어졌을 것이다. 그런데 오히려 그 상황을 미소로 대처하며 커피까지 대접하는 여유로운 마음을 가짐으로써, 흑인 자신 스스로도 평안한 마음을 유지하게 되었다. 그 좋은 습관은 다시 업으로 남게 되어, 다음에도 화나는 일이 생기지 않게 되는 것이다.

# 지렁이는 땅 속이 편안한 집이다

하루살이는 하루가 곧 일생이고
물고기는 물 속이 제 세상이고
지렁이는 땅 속이 편안한 집인데
이들을 보는 이의 마음이 불편하구나.

○ 하루살이나 물고기나 지렁이는 그들의 업에 따라 살아간다. 그럼에도 불구하고 만약 이들을 보는 이가 불쌍하고 애처롭게 보아 마음이 불편하다면, 이들의 업과는 상관없이 본인의 업에 따라 불편한 마음을 갖는 것이다.

예를 들어 부모와 자식은 서로에게 엄청난 영향을 주고받는다. 특히 자식이 잘 되기를 바라는 마음에서 이런저런 영향을 주며, 때로는 웃기도 하고 때로는 속상하기도 한다. 그러나 결국 자식은 자식의 업에 의해 살아갈 뿐, 근본적으로 업이 바뀌는 것은 아니다. 부모는 부모대로 과거의 원인에 의해 지금의 결과대로 살고, 자식은 자식대로 스스로의 업에 따라 웃고 울고 이런저런 인연에 따라 살아간다.

서로가 불편한 마음으로 영향을 주고받는다면 언젠가는 불편한 마음의 인과가 작용하여 또 다시 불편한 업이 발생되고야 만다. 따라서 불편하면서까지 서로에게 영향을 끼치려 한다면 그것은 매우 위험한 방법이 아닐 수 없다. 절대 억지스러운 강요는 하지 말아야 한다. 그렇다고 업이 바뀌는 것은 아니기 때문이다.

부모나 자식 모두 상대방으로부터 불편한 마음을 갖지 않아야 한다. 되는 것은 되는 대로 안 되는 것은 안 되는 대로, 그 결과를 그대로 받아들일 줄 아는 순리를 따라야 한다. 이것은 부모와 자식의 관계뿐만 아니라 모든 상대에게도 적용되는 것이니, 내가 불편하지 않아야 상대 또한 불편하지 않기 때문이다.

만약 어느 일방이 불편함을 느낀다면 그것은 순전히 불편한 업을 가진 당사자의 몫이라 하겠다. 서로의 업을 존중하며 억지스런 마음을 갖지 않는 것이 중요하다. 결과와 상관없이 최선을 다하는 것으로만 갈무리한다면, 그때야말로 서로의 업이 좋아질 것이다.

# 불현듯 화가 솟구친다면

악인(惡人)이 나타나면 화나고 싫은 감정이 솟구친다.
그런데 악인은 재수가 없어 나타난 것이 아니라
내 안에 악인과 똑같은 성품이 나타나 보이는 것이다.
그러므로 내 안에 악이라는 성품이 사라져야
악인을 만나지 않을 것이다.

○ 화가 날 때 화를 삭이는 방법에 대해 일반적이고 상식적인 충고들은 너무나 많다. 참아라, 삭여라, 풀어라, 좋은 생각을 하라, 상대를 예쁘게 봐라, 무시하라, 기분 좋은 생각을 하라, 여행을 가라, 큰 숨을 들이쉬어라, 노래를 불러라, 운동을 하라, 맛있는 것을 먹어라 등등. 그러나 이런 방법들은 일시적으로 효과가 있는 것처럼 보이기는 하나, 결국 근본적인 해결책은 될 수 없고 계속 반복될 수밖에 없다.

마음공부를 잘한 사람의 경우는 화를 잘 내지 않기도 하지만, 설사 화를 내더라도 스스로 마음의 상처를 입지 않도록 잘 조절하기도 한다. 화가 날 때는 '내 마음 안에 있는 화라는 업이 작동하는구나' 하고 즉시 마음을 추슬러서 화를 자제시켜야 속상한 마음이 저절로 누그러지게 된다.

화라는 것은 내 마음 안에 작은 것이라도 원하는 바가 있으면 자동으로 생기는 감정이다. 화가 날 때는 상대 또는 상황을 탓하지 말고, '내 안에 있는 욕심의 불이 나타났구나' 하고 빨리 마음을 추슬러 화를 멈추게 해야 한다. 그리고 원하는 바를 조금씩 줄여나가야 한다. 화는 욕심에 의한 과보로 나타나는 것이기 때문이다.

# 내 마음의 수준

모든 것은 내 눈높이에서 보이고
보고 듣고 느끼는 것 모두 내 마음의 모습이네.
어떤 사람과 인연 짓고 무슨 일을 겪느냐에 따라
내 마음의 수준을 알 수 있다네.

○　세상을 보고 듣고 느끼는 모든 것은 내 마음 안에 있는 것이다. 그 이외의 것은 있을 수 없다. 내 마음 안에 없는 것은 보이지도 들리지도 느끼지도 못하기 때문이다. 그것이 지식이 됐든 생각이 됐든 감성이 됐든 본인이 가지고 있지 않는 것은 알 수가 없다. 음식으로 치자면 있는 재료 내에서 조리할 수밖에 없는 이치와 같다.

세상의 모든 존재는 그 어느 것도 우연히 나타나는 것은 없다. 거슬러 올라가면 소위 전생이라고 하는 지나간 과거의 전신이 있다. 억겁의 무한 세월을 거치면서 온갖 모양으로 바뀌고 또 바뀌며 윤회했을 것이다. 어떤 모습으로 살아가든 각자가 지니고 있는 생각과 감성, 인식의 범위를 벗어날 수 없다. 사람은 사람의 인식에서, 짐승은 짐승의 눈높이로, 식물은 식물의 한계를 지닌 채 보고 듣고 느끼면서 살아간다.

그러므로 본인이 생각하고 느끼는 것은 오랜 과거의 전생으로부터 경험한 업식(業識)이 누적되어온 것일 수밖에 없다. 따라서 스스로 원하던 것들이 내 생각과 느낌이 된 것이기 때문에, 그 누구를 탓하거나 책임을 돌릴 수는 없다.

좋은 일이건 그렇지 않은 일이건 필연적으로 나타나는 것이지, 우연히 인연 지어지는 것은 없다. 모든 것은 내 마음 안에서 짓는 것이니, 설사 못마땅한 일을 만난다 할지라도 상대를 탓해서는 안 된다. 불평불만의 크기만큼 스스로를 괴롭힐 뿐더러, 그 씨앗이 저장되어 또다시 괴로운 일을 만나게 되는 악순환이 반복될 뿐이다. 그 어떤 좋지 못한 상황에서도 자신의 잘못된 마음의 모습을 보는 것이라 생각하고, 성내거나 흥분하지 말고 마음을 잘 살펴야 한다.

# 자상한 스승과 엄한 스승

고승 밑에 많은 제자가 공부하고 있었다.
하루는 마을에 놀러갔다 돌아오는 제자들이
담장을 넘어 발판을 밟고 절 안으로 내려섰다.
그 발판은 다름 아닌 고승의 등이었다.
"이른 새벽에 공기가 차니 감기 조심하거라."

○    이 이야기를 옮기면서 문득 행자시절이 떠오른다. 자상하게 잘 가르쳐주는 스님들이 있는가 하면, 조그만 행동에도 호되게 꾸짖기만 하는 스님들도 있었다. 당시에는 물론 자상한 스님들에게 호감이 간 것은 당연하다. 그러나 지금 생각하면 오히려 엄한 스님들 덕분에 수행에 있어 더 큰 자양분이 되곤 한다.

인간은 누구나 자기에게 잘해주고 도움을 주는 사람을 좋아하게 마련이다. 그러나 어려움을 모르고 역경을 넘어보지 않은 이들은 조금의 불편함에도 마음을 다치기 쉽다. 반대로 힘든 과정을 겪고 어려운 상황을 잘 극복한 이는 웬만한 난관에도 잘 이겨낼 수 있는 힘이 있다. 어떤 위기에서도 스스로의 마음을 잘 관리하여 편안함을 유지할 수 있게 되는 것이다.

부처님은 늘 한결같이 감정을 일으키지 말라고 가르치신다. 닥쳐오는 모든 일들은 인과의 질서에 의해 좋은 일도 나타나고 나쁜 일도 나타나기 마련이다. 하나하나의 사안마다 일일이 일희일비(一喜一悲)하다 보면, 마음은 벌써 불편함 가운데 있고 결국 남는 것 하나 없이 피곤만 더해질 뿐이다.

인생은 어차피 원인과 결과의 연속으로서 인과적 모습을 피해갈 수 없으니, 선악(善惡) 순환의 연속일 수밖에 없기 때문이다. 문제는 각자의 마음이 '편안한가, 불편한가'이다. 무엇을 선택하건 중요하지 않다. '더 좋거나 더 중요하다'라고 생각하는 자체가 이미 분별 시비의 프레임에 걸리는 것이다. 그저 마음을 편안히 비우고 대하면 저절로 최선의 선택을 하게 될 것이다.

지렁이는
땅 속이 편안한 집인데,
이것을 보는 이의
마음만 불편하구나.

# 서로 다를 뿐

무지개는 서로 다른 색깔들이 모여 아름답듯이
자연도 사람도 여러 색이 모여 조화로운 것이니
어느 색깔이 좋고 나쁘고 옳고 그르다 하겠는가.
세상도 사람도 서로 색깔이 다를 뿐인 것을.

O  세상은 서로 상대적으로 반응하며 움직인다. 풍요로움이 있으면 메마름이 있고, 맑은 하늘이 있으면 먹구름 덮인 하늘도 있다. 꽃 피고 물 흐르고, 지진이 일어나고 해일이 생기는 것은 거역할 수 없는 자연의 섭리다. 사람도 이와 다르지 않아, 기쁨이 있으면 슬픔이 있고 건강하다가도 병이 온다. 다만 즐겁고 기쁘고 행복한 것은 당연히 받아들이고, 괴롭고 슬프고 불행한 것은 그대로 받아들이지 못하여 화를 내거나 고통스러워하는 마음이 문제다.

따라서 세상의 모습이 잘못되거나 옳지 않다고 보는 것은 스스로의 마음을 더욱 힘들게 할 뿐이다. 번개와 지진과 폭풍우와 해일을 잘못되거나 옳지 않다고 보지 않듯이, 사람간의 시시비비 문제 또한 자연의 이치와 다르지 않게 봐야 한다. 무지개의 색깔을 보듯이, 있는 그대로 보고 받아들일 줄 알아야 스스로의 마음을 편안하게 할 것이다.

새는 양 날개로 난다. 한쪽 날개로는 날 수 없듯이, 한쪽은 옳고 다른 한쪽은 잘못되었다고 한다면 새는 날 수 없게 될 것이다. 어떤 일이나 어떤 상황에서도 결코 잘잘못이나 옳고 그름의 시비적(是非的)인 마음을 갖지 말고, 무지개를 보듯 서로 다름에서 오는 조화로움으로 생각해야 한다. 이를 자비의 마음이라 하고, 자비의 마음은 스스로를 편안하게 만들 것이다.

# 부모의 욕심과 자녀의 행복

개를 매우 사랑하는 이가 개에게 우유를 억지로 먹이다
개가 싫다고 몸부림치는 바람에 그만 엎지르고 말았다.
그때 개는 다시 다가와 엎질러진 우유를 맛있게 먹었다.

○ 내 방식대로 베푸는 사랑은 진정한 보시가 아니다.

모든 중생은 특별한 경우 이외에는 자기 자식을 사랑하고 잘 되기를 바란다. 또 대부분의 부모들은 여러 교육을 통하여 복잡한 사회의 경쟁에서 뒤처지지 않고 우위를 차지하기를 간절히 바랄 것이다. 하물며 자식의 능력이나 취향과는 상관없이 부모가 원하는 대로 억지 교육을 시키는 바람에 그에 따른 부작용으로 말미암아 잘못되는 경향도 다반사다.

세상에 결코 대가 없는 결과는 없다. 좋은 운이라는 것도 나쁜 운이라는 과보가 기다리고 있다는 것을 명심해야 한다. 좋은 조건과 환경을 만들기 위한 탐욕스런 교육은 탐하고 집착한 만큼의 대가, 즉 업보와 과보에 따른 편치 않은 불행한 마음을 피해갈 수 없다. 따라서 부모의 욕심을 앞세운 무분별한 교육은 인과를 결코 피해갈 수 없다. 자녀의 행복에 있어서는 오히려 악영향을 끼치는 결과가 생기기도 한다.

진정한 교육이란 과연 무엇이며, 또 어떻게 가르쳐야 하는가? 우선 부모가 가지고 있는 잘못되거나 비뚤어진 삶의 관념부터 바뀌어야 한다. 본인도 모르는 내용을 자식에게 가르칠 수는 없는 노릇이기 때문이다. 먼저 인과가 무엇인가를 철저히 알아야 한다. 인과의 내용을 모르면 그 어떤 일도 아랫돌 빼서 윗돌 괴고 오물로 오물을 씻어내는 경우와 같이, 다람쥐 쳇바퀴 돌듯 한 치도 마음이 편할 수 없다는 것을 뼈에 사무치게 알고 또 믿어야 한다.

한마디로 욕심을 부려 원하는 것을 얻는다 하더라도 언젠가는 그에 따른 인과의 괴로운 과보를 받을 수밖에 없는 것이다. 욕심을 내려놓고 최선을 다하되 집착과 미련을 갖지 않는다면, 결코 안 되는 일이 없을 뿐만 아니라 늘 편안한 마음을 유지할 것이다.

# 현명한 이의 삶

밝은 낮엔 하얀 구름 벗을 삼고
푸른 밤엔 맑은 물소리 벗이 되네.
시비(是非)를 떠난 자연의 온갖 모습이여
정녕 그대들은 나를 즐겁게 하는구나.

○   칡넝쿨과 등나무줄기가 엉키면 풀기가 불가능하다. 이런 광경을 '갈등(葛藤)'이라 한다. 일상생활에도 갈등의 연속이다. 그러나 억지로 풀려고 하면 더욱 더 꼬여지는 경우가 다반사다. 이때는 스스로 풀어질 때까지 그대로 놔두는 것이 상책이다. 물론 답답한 마음이 들 수도 있겠으나, 넉넉한 마음으로 여유를 가지고 기다린다면 안 풀릴 것이 없다.

아무리 단단한 생각도 시간이 지나면 생로병사하기 때문에, 결국은 사라져 아무 일도 없는 듯이 된다. 세상의 모든 일은 인과의 흐름이니, 애쓴다고 봄이 빨리 오고 노력한다고 열매가 금방 맺어지는 것이 아니다. 때가 되면 봄은 스스로 오고, 때가 되면 가을은 스스로 가는 것이기 때문이다.

아무튼 어떤 경우에든지 주어진 힘이 닿는 데까지 최선을 다할 뿐, 애쓸 필요가 없다. 마음에 들지 않는다고 애태우며 바꾸려고 하거나 억지로 성사시키려고 한다면, 스스로의 마음을 괴롭힐 뿐이다. 그러니 매사에 인과의 이치를 믿고 물 흐르듯이 자연스럽게 흘러갈 수 있도록, 마음의 여유를 가지고 넉넉하게 대처하는 것이 현명한 이의 삶이라 할 것이다.

# 누군가를 싫어한다면

바람 불어도 잡히지 않고
구름 흘러도 흔적이 없네.
감정 느껴도 실체가 없고
생각 많아도 남음이 없구나.

ㅇ  누군가를 좋아하고 싫어할 때, 흔히 상대가 누구냐에 따라 좋아하고 싫어하는 것으로 생각한다. 그러나 실제는 그렇지 않다. 먼저 내 마음에 좋아하는 업의 때가 생기면 좋아하는 상대가 나타나게 되고, 싫어하는 업의 때가 되면 싫어하는 상대가 나타나게 되는 것이다. 결국 나의 업에 따라 좋고 싫은 상대가 나타나는 것이므로, 상대가 누구냐에 따라 좋고 싫은 것은 아니다.

그렇다면 내 업이 작동하여 상대를 만들어 나타나게 하는 것이므로, 결국 내 업이 문제라 할 것이다. 때문에 다투고 싸우며 화를 참지 못한다면, 스스로의 업을 부풀게 하는 꼴이 된다. 어떠한 경우에 있어서도 '내 업이 발동하는구나' 하며 차분히 스스로의 마음 감정을 단속해야 한다.

불어오는 바람과 흘러가는 구름처럼 감정과 생각도 모두 잡히지 않는다. 굳이 실체 없는 것을 잡으려 하고 남지 않은 자국을 찾으려 함은, 부질없이 애만 태우는 꼴이요 고통의 업만 키울 뿐이다.

# 싸우지 않고 이기는 법

꿈 속에서 꿈을 얘기하니 허공의 꽃과 같고
허공꽃에서 열매 구하니 허허실실(虛虛實實)이로세.
구름 가운데 낚싯대 드리우니 물고기가 비웃을 새
세상도 내 모습도 이와 별반 다름이 없구나.

○ 꽃 피고 낙엽 지는 것은 자연의 순리다. 꽃을 보고 좋아하고 낙엽을 보고 무상함을 느끼는 것은 이를 보는 사람의 마음이요, 순전히 그의 업상(業相: 마음 모양의 상태)이다. 웃는 아이를 보고 마음이 풍요로워지고, 늙고 병든 이를 보고 애잔한 마음을 갖는 것은 순전히 이를 보는 이의 업상이라는 말이다.

세상이 잘못되었다고 생각하여, 바로 잡으려 하는 사람이 있다. 이는 그의 업상이 시비로 얽혀 있기 때문에 세상을 그렇게 보는 것이다. 세상이 문제가 아니라 그의 마음이 문제다. 어차피 세상이 움직이는 것은 계절이 변화하듯, 때가 되면 이렇게도 되고 저렇게도 되는 것이다. 다만 이를 보는 사람의 마음에 따라 좋거나 나쁘게, 옳거나 그르게 보일 뿐이다. 어디까지나 스스로의 문제로 귀결된다 할 것이다.

설사 상대가 어떤 언행을 하든 이를 두고 '좋다 나쁘다, 옳다 그르다' 판단하여 희로애락을 느낀다면, 이는 순전히 나 스스로의 업상에 따라 일어나는 문제다. 이는 구름 가운데 낚싯대를 드리우고 고기를 잡으려 하니, 물고기가 비웃는 꼴과 다름 아니다.

# 허공에 물감을 칠하는 것처럼

분별 없는 마음은 걸림이 없는 고로
허공에 물감을 칠하는 것과 같고
칼로 물을 베는 것과 같으며
그 어떤 시비도 발붙이지 못하는지라.

O   상대에 대해 화가 나는 것은 나의 바람과 어긋나기 때문이다. 내가 무엇을 바란다는 것은 바라지 않는 그 무엇이 분명히 있다는 것이다. 이처럼 무엇을 바라는 것과 바라지 않는 것으로 나누는 현상을 분별하는 마음이라 한다.

세상에 이유 없는 무덤이 없고 원인 없는 결과는 더더구나 없다. 아니 땐 굴뚝에 연기 나는 법은 없다는 것을 유념하여, 상대에 의해 기분이 좌우되는 분별의 씨앗을 심지 않아야 한다. 그러므로 그 어떤 상대를 만나더라도 좋고 나쁜 감정을 얹지 말고 여여(如如)한 마음으로 대해야 한다.

분별하지 않는 마음은 상대가 어떤 언행을 하더라도 여여하게 받아들인다. 칼로 물 베기와 같고 허공에 물감을 칠하는 것과 같다. 그 어떤 상황에서도 마음이 편안해 화를 내거나 속상한 마음이 생기지 않게 되니, 항상 유유자적한 삶을 영위할 수 있는 것이다.

# 배고프면 밥 먹을 뿐

명리(名利)를 버리니 나날이 한가롭고
집착을 놓으니 뿌연 안개 걷히었네.
세상사 번잡한 일 무엇인지 통 모르고
배고프면 밥 먹고 피곤하면 누우리.

O   사람이 가지는 오욕(五慾)의 본능 가운데 가장 집착이 강한 것이 명예욕이라 한다. 명예욕은 아상(我相)이라고도 일컫는데, 남보다 더 잘난 체 하는 욕심을 말하는 것으로 일종의 자존심과도 같은 뜻이다.

남보다 더 잘 나고 싶어 하는 마음은 자기를 보호하려는 강한 보호 본능에서 비롯된다 할 것이다. 남보다 더 위에 있으면 많은 사람들이 우러르고 보호함으로써 함부로 해하지 못할 것이라는 믿음 때문이라 하겠다. 그러나 욕심을 부려 집착하여 얻는 명예와 자존심은 온전치 못한 것으로서, 반드시 그에 따른 좋지 않은 과보가 생기게 되어 스스로 가슴을 치는 대가를 치르게 된다.

사람이 모이는 곳에는 차서(次序)의 규칙이 있는데 이를 의전(儀典)이라 한다. 하다못해 조그만 행사에서도 자리를 다투고, 의전에 신경 쓰는 관례가 다반사다. 의전을 자신에 대한 대우의 척도로 삼는 경우가 많은데, 이런 사안에 일일이 신경을 쓰는 모습이야말로 너무나 유치한 일이 아닐 수 없다. 이는 스스로를 속상케 하는 소인배의 노릇에 지나지 않는다.

남들이 자신을 알아주고 알아주지 않고는 인과의 업보에 따라 이루어질 뿐이다. 있는 그대로 받아들이고 신경 쓰지 않는 것이 스스로 자존심을 보호하게 되는 것이니, 모든 일에 있어서

도 이와 같이 빈 마음으로 대한다면 인과에 걸려 마음 상하는 일은 없을 것이다.

　세상일은 모두 인과가 순환하는 모습일지니, 복잡한 마음을 가지면 가질수록 그 과보로서 번잡한 일이 생기게 된다. 세상일은 세상에 맡겨두고 그저 무심한 마음으로 혼연스럽게 대하기만 하면, 그 어떤 상황에서도 편안한 마음을 유지할 수 있을 것이다.

　그리하여 배고프면 밥 먹고 피곤하면 누워서 잠자면 되는 일이다.

## "나는 아무것도 받지 않았다"

그대가 나에게 모진 상처를 주려 해도
나는 그대에게 그 무엇도 받지 않았네.
왜 안 받냐며 그대 많이 화내더라도
그대의 성냄마저 나는 무심하리니.

○   어느 날 한 바라문(婆羅門)이 석가모니 부처님을 찾아와, 심한 욕을 하며 부처님의 가르침을 비판하였다. 제자들이 제지하려고 하자 부처님께서는 그냥 놔두라고 하였다. 한동안 욕을 하며 떠든 후에 그 바라문이 돌아가자 제자들이 못마땅해 하며 부처님께 왜 가만히 계시냐고 물었다.

부처님께서는 아무 일도 없었다는 듯 제자들에게, "나는 아무것도 받지 않았다. 그렇다면 그 바라문이 뱉은 심한 욕은 어디로 갔겠느냐? 내가 받지 않았으니 그 욕은 다시 가지고 갈 수밖에 없지 않겠느냐?"라고 말씀하고는 화제를 돌렸다.

바라문이 욕을 할 때 나쁜 기분이 생겨 화를 내거나 시비를 한다면, 그 나쁜 감정은 고스란히 업에 저장된다. 그리고 그 업은 때가 되면 기분이 또 다시 나빠지게 되는 원인으로 작용한다. 그러므로 화를 자주 내는 사람일수록 스스로 기분이 자주 나빠지게 되는 것이다.

# 대화의 기술

아만(我慢)이 가득 찬 사람이 선사를 찾았다.

"불교의 진리가 무엇입니까?"

"차나 한 잔 드시지요."

선사는 찻잔이 넘치게 차를 따랐습니다.

"스님, 차가 넘칩니다."

"당신은 지금 이 찻잔과도 같이 가득 채워져있소. 그러니 내가 무슨 말을 하든 넘쳐흐를 뿐, 담겨지지 않을 것이요."

○ 부처님께서는 법을 청하지 않은 사람에게는 설법하지 말라 하셨다. 조금이라도 법을 알려고 하지 않는 사람은 자신의 생각으로만 가득 차 있기 때문에, 진리를 말하여도 들으려 하지 않기 때문이다.

서로간에 시비가 붙거나 쟁론이 벌어지는 것은 상대가 말하는 것에 대해 이해를 하고자 하기보다는 자신의 생각만을 상대에게 주지시키려고만 하기 때문이다. 이때는 상대가 주장하는 것을 충분히 이해하려고 노력하는 마음이 선행되어야 하고, 그런 다음 나의 주장을 차분하게 설득하는 순서를 가지는 것이 좋다.

잘 설득이 되지 않는다 할지라도, 이때는 조급한 생각으로 화를 내거나 우격다짐으로 상대를 굴복시키려 하기보다는 납득이 될 때까지 기다려 주는 아량이 필요하다. 그럼에도 불구하고 끝까지 설득이 되지 않을 때는 그 몫은 상대에게 있는 것이다. 억지로 말을 계속하다 보면 언성이 높아지고 사이가 틀어지는 최악의 경우가 발생할 수도 있다. 이때는 묵빈대처(默擯對處), 즉 상대가 기분 나쁘지 않게 조용히 물러서는 것이 최선의 방법이다.

# 왜 자기 자신을 학대하는가?

지나친 욕심으로 자신을 충족시키려 함은
갈증이 날 때 바닷물을 마시는 것과 같고,
지나치게 화를 내어 분을 참지 못함은
스스로 불이 되어 자신을 먼저 태우고 만다네.

○　욕심은 산다는 의미 그 자체이기도 하다. 욕심이 없으면 의욕이 생기지 않기 때문이다. 욕심은 기쁨과 즐거움, 행복을 원하기 때문에 발동된다. 그러나 세상에 공짜는 없는 법이므로, 반드시 대가를 치러야 된다는 것을 알아야 한다. 이것이 인간의 숙명이다.

욕심을 부려 성취되는 것에 마냥 기쁘고 즐겁고 행복하다고 좋아할 일만은 아니다. 이익을 보는 때가 있으면 손해를 보는 때가 도래하는 것은 너무나 당연한 인연 현상이라 하겠다. 그러므로 욕심을 부리면 부릴수록 바닷물을 마시는 것과 같이 항상 갈증을 느끼게 되는 법이다.

또 욕심대로 되지 않는다고 분심(忿心)이 일어나 화를 낸다면, 이는 고스란히 자기 몫으로 귀결되고 만다. 화를 낸다고 하여 달라질 것은 전혀 없다. 화를 내는 자기 자신만 스스로 태워서 괴로움을 만드는 것에 다름 아니다. 그러므로 소란한 마음을 스스로 만들어서 자기 자신을 학대하지 말고, 항상 여여(如如)하고 무심한 마음으로 인연이 닿는 그대로 보고 들을 줄 알아야 한다.

# 운명을 바꾸는 법

우주만물 온 사방이 그대의 본체이거늘
어느 곳에 귀와 눈, 코, 혀를 또 붙이려 하는가?
굳이 알음알이를 지으려 한다면
그 마음의 번뇌 쉴 틈이 없으리라.

○    유식(唯識)은 '오직 마음뿐'이라는 불교의 핵심 교설이다. 보이는 것, 들리는 것, 냄새나는 것, 맛보는 것, 느끼는 것, 생각하는 모든 것은 내 마음에서 생긴 것이니, 내가 감지하는 모든 모습들은 내 마음 안에 있는 것들이 밖으로 드러났다는 뜻이다.

예를 들면 "부처의 눈에는 부처만 보이고, 돼지의 눈에는 돼지만 보인다"는 말과 같다. 부처의 마음을 가지고 있으면 모두가 부처로 보이고 들리지만, 돼지의 마음을 가지고 있으면 보이고 들리는 것 또한 돼지가 될 수밖에 없다는 것이다.

이처럼 마음에 있는 자기의 업식에 맞춰 그대로 보이고 들린다. 만약 마음 속에 미움이라는 업식이 있으면 밉게 보이고 들리는 것이니, 아름다운 업식의 마음이 있으면 보이고 들리는 것 또한 아름답게 된다.

보이고 들리는 것은 자기의 마음을 보고 듣는 것이다. 좋든 싫든 이 세상은 내 마음이 펼쳐진 광경이다. "산은 산이요, 물은 물이다"라 하듯이, 있는 그대로 보고 들어야 한다. '이것이다, 저것이다' 분별의 마음을 가지면, 그 즉시 괴로움과 고통의 과보를 받게 된다는 것을 명심해야 한다.

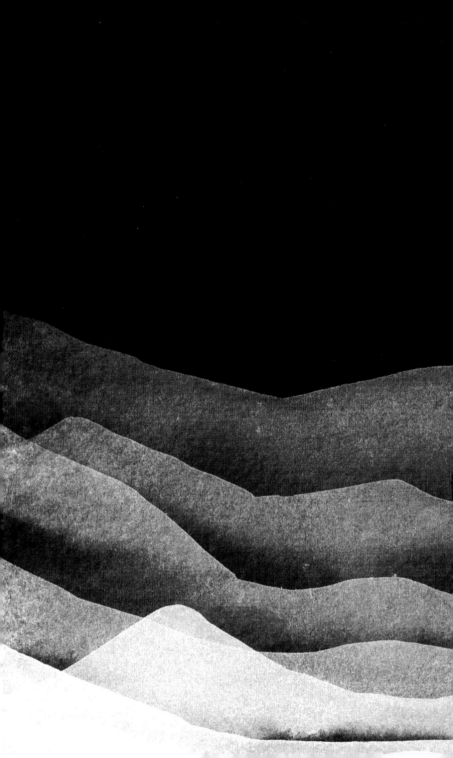

5장. 깨달음은
어떻게 오는가

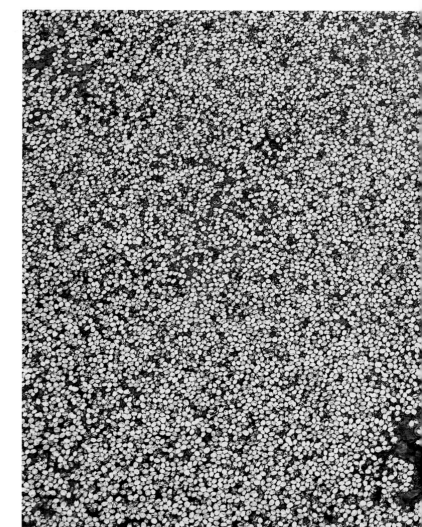

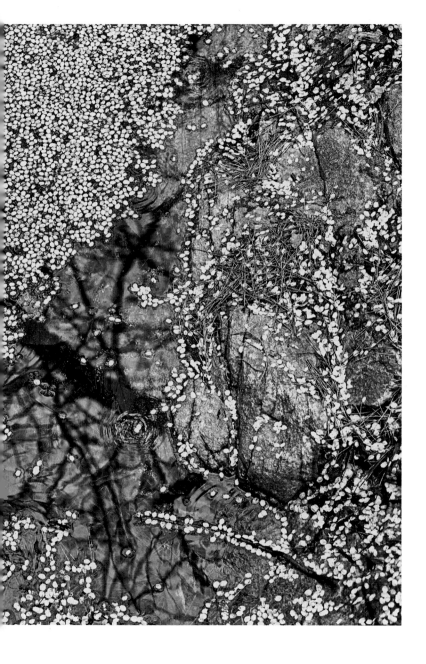

## 밤손님과 선사

양관 선사 토굴에 밤손님이 찾아들었다.
아무것도 가져갈 것이 없자 선사는 옷을 벗어주었다.
밤손님이 간 뒤 벌거숭이 선사를 비추는 달빛이 눈부셨다.
선사는 중얼거렸다.
"아름다운 저 달빛마저 줄 수 있었더라면…."

O　현실에서 찾기 어려운 일화다. 보통사람으로서는 도저히 흉내낼 수 없는 대도인(大道人)만이 할 수 있는 선(禪)적인 행동으로서, 비운 마음에서 나오는 여유와 편안함이다.

인간이 목석(木石)이 아니고서야 감정을 비우고 살아가기란 불가능하다. 그러나 감정은 의외로 매우 단순하다. 마음에 들면 즐겁고 마음에 들지 않으면 속상하고 괴롭다. 중요한 것은 즐겁고 괴로운 마음이 교차하면서 끊임없이 반복된다는 것이다. 요행이란 있을 수 없다. 해가 떠서 지지 않는 경우가 없고, 밀물이 들어와서 멈추는 경우가 없다. 무슨 일을 하며 그 어떤 삶을 살아가건, 좋은 일만 생기거나 나쁜 일만 생기지 않는다.

일단 어떤 감정이 일어나면, 그 반대적인 감정은 시간차를 두고 인과에 의한 과보로 반드시 나타난다. 즉 윤회하는 것이다. 따라서 부처님의 가르침은 감정을 모두 멸(滅)하라는 것이다. 감정이 곧 업이 되고, 인과가 되고, 윤회가 되고, 과보가 된다. 그래서 감정을 비우면 부처요, 감정이 남으면 유정(有情, 중생)이라 했다.

감정을 비우면 양관 선사와 같은 자유인이 될 것이고, 감정이 남아있으면 걸림이 생겨 마음이 힘들어지게 된다. 감정이 사라진 상태에서의 행동은 모두 선행이 될 수밖에 없으며, 자비심과 자비행 그 자체라 할 수 있다.

# 무엇으로 배를 채울 것인가

"공양은 잘 하셨지요?"

"언제요?"

"아까 배불리 드셨잖습니까?"

"나는 밥을 먹은 적도 없거니와 지금 배가 많이 고프오."

"아! 내가 배부르면 누님 배도 부른 줄 알았습니다."

○   나옹 스님이 왕사로 있을 때, 불법은 하나도 배우지 않으면서 동생만 믿고 아는 체하는 누나를 깨우치게 하는 장면이다.

가끔 스스로 돌아볼 때가 있다. 깨치지 못한 상태에서 신도들에게 아는 체 하며 법문을 하고 부처님법을 가르칠 자격이 있는가? 물론 내가 아는 만큼 부처님을 대신하여 여러 가지 법문을 해주고는 있으나, 나옹 스님의 누나처럼 부처님만 믿고 아는 체 하기에는 아직도 배가 많이 고프다.

그렇더라도 나보다 더 배고픈 이들을 위하여, 아니 나 자신을 다시 한번 일깨우기 위하여 자신에게 하는 법문이라 여기고 오늘도 명상하는 시간을 가져본다.

## "빈손인데 무얼 내려놓습니까?"

한 수좌가 조주 스님을 찾았다.
"빈손으로 와서 죄송합니다."
"내려놓게나."
"빈손인데 무얼 내려놓습니까?"
"그럼 들고 있게나."

O  조주 선사는 생각과 마음을 내려놓으라는 뜻의 화두를 이 야기한 것인데, 수좌가 잘못 이해한 것이다.

불교의 최고 목적은 성불(成佛)에 있다. 성불을 하기 위해 서는 마음을 깨쳐야 하는데 분별된 생각이나 감정, 업을 멸하 지 않고는 깨칠 수 없다. 부처의 경지는 한마디로 완전한 적멸 (寂滅), 즉 티끌만큼의 고통이나 괴로움이 없는 상태를 말한다. 나고 죽음도, 좋고 싫음도, 생로병사도 없는 완전한 평화 그 자 체다.

부처가 되지 못하고 고통과 괴로움의 윤회가 반복되는 상 태를 중생이라 한다. 살려고 아무리 발버둥쳐도 죽음을 면할 수 없고, 아무리 행복하려고 해도 불행의 과보를 면할 수 없으 며, 더 좋은 것을 찾으려 하면 할수록 좋지 않은 것을 피하지 못 한다.

말 한마디, 행동 하나, 찰나 간의 생각까지도 인과에 걸리 기 때문에, 즐거움과 괴로움이 반복되어 나타난다. 이를 중생의 한계를 뜻하는 업(業)이라 칭한다. 깨친다는 의미는 바로 이러 한 인과의 도리를 온 몸으로 체득하는 것을 말한다. 어떤 대상 의 인연을 만나더라도 한 티끌의 분별된 마음 없이 청정해야 한 다. 한마디로 일체의 감정을 일으키지 않아야 하는 것이다.

# 금반지를 삼킨 거위

한 스님이 어느 집에 탁발을 갔는데
거위가 금반지를 삼키는 바람에 도둑으로 몰렸다.
거위를 죽일까봐 알리지 않고 밤새도록 문초를 당했다.
아침이 되어 거위가 변을 보자 반지가 나왔다.

○ 스님의 자비와 지혜를 엿보는 대목이다.

세상에 일어나는 모든 일은 인과의 법칙을 벗어나지 못하므로, 궁극적으로 더 이익을 보거나 손해를 보는 일은 절대 없다. 지금의 이익은 먼 훗날 손해가 되는 원인이 되고, 지금의 손해는 다음에 이익이 되는 원인이 된다는 것을 알아야 한다. 따라서 매사에 일희일비하지 않고 들고 나는 일에 초연한 마음을 가지면, 스스로 마음을 편안케 할 것이다.

만약 이러한 마음에서 벗어나 있다면, 옹졸한 마음을 참회로써 되돌아보고 다스려야 한다. 참다운 기도는 마음의 여유와 아량을 넓히게 하고, 보시는 큰 마음을 갖게 하며, 참선은 옹졸하고 번뇌로운 마음을 없애주며, 정진은 좋은 습을 길러주는 여의봉이 될 것이다.

## 비움의 미학

마음을 바꾸기란 참으로 어렵나니
업이라는 그물에 걸려있기 때문이다.
복과 지혜의 힘으로
그물에 걸리지 않는 바람이 되어라.

○  마음을 바꾸기가 참으로 어렵다는 것은 누구나 공감하는 과제다. 생각으로는 하고 싶거나 또는 하지 않아야 한다고 굳게 다짐하더라도, 몸이 따라주지 않거나 감정이 앞서는 경우가 많다. 그것은 과거 또는 태어나기 이전(전생)의 버릇인 습(習)이 '나'라는 고집의 그물에 걸려있기 때문이다.

그리고 참으로 중요한 것은 이것이 생기면 반드시 반대쪽의 저것이 생기는 것이 삶의 모습이다. 그것이 마음의 실제 모습이기 때문에, 마음에 드는 것만 선택할 수 없는 것이 업(業)의 본질이다. 그러므로 더 이상 선택의 고민을 없애려면 집착하지 않고 비우는 연습이 절대적으로 필요하다.

복(福)이란 잘못된 업을 고칠 수 있는 힘과 에너지다. 따라서 '나'라는 생각, '내 것'이라는 생각을 버릴 줄 알아야 거침없는 자유인이 될 수 있다. 복을 쌓는 방법은 아낌없이 주는 마음, 즉 보시하는 마음이다. 이 비움의 미학을 따르기만 한다면 그 무엇도 걸림이 없는 위대한 힘과 에너지가 충만된 복으로 다가올 것이다.

"빈손으로 와서 죄송합니다."
"내려놓게나."
"빈손인데 무얼 내려놓습니까"
"그럼 들고 있게나."

# 너무도 무거운 짐을 졌을 때

짐을 지고 가던 사람이 불만을 터뜨렸다.
"다른 사람의 짐은 가벼워 보이는데 왜 나만 무거운 짐을 지게 하는 겁니까?"
"창고에 가서 가장 가벼운 짐을 찾아보아라."
하루 종일 들었다놨다 했지만 모두 무거운 짐뿐이었다.
저녁이 되어서야 드디어 찾았다.
그것은 처음 자기가 졌던 짐이었다.

○   남의 떡이 더 커 보이기 마련이다. 감정을 얹지 않고 정확하게 분별할 수만 있다면 지혜로운 보살의 마음과도 같다 할 것이나, 사람들은 대체로 비교함으로서 감정의 분별을 낳게 되며 문제가 발생한다. 잘 사는 사람은 더 잘 사는 사람과의 비교를 통하여 스스로 속상해 하기도 하고, 결국 상대를 뛰어넘기 위해 더 큰 욕심을 부리게 된다.

우리는 비교 분별하는 습관 때문에 불편한 마음을 스스로 만들게 된다. 분별하는 습관은 차돌보다 더 단단한 업으로 남아있어 쉽게 없어지지 않는다. 워낙 뼛속 깊이 스며져있기 때문에 좀처럼 바뀌기가 쉽지 않다. 그러나 비교 분별하는 습관을 없애지 않고는 절대로 불편한 마음이 사라지지 않는다. 어떻게 하든 이 비교하고 분별하는 마음을 반드시 처리해야 한다.

우선 스스로의 마음을 늘 살펴야 한다. 내가 지금 비교하고 분별하는 마음을 갖고 있지는 않은지, 일상생활 속에서 늘 스스로를 돌아보는 습관을 길러야 한다. 그리고 기도로써 그 마음을 더욱 공고히 해야 한다.

## 직관의 힘

만 권의 책을 읽은 사람이 선사를 찾아와 물었다.
"수미산에 겨자씨를 넣는다'는 말은 알겠으나 '겨자씨에 수미산을 넣는다'는 경전의 말씀은 거짓이 아닙니까?"
선사가 답했다.
"당신 몸 어디에 만 권의 책이 들어있을꼬?"

O  불교에서의 수미산은 한량없이 큰 것을 표현할 때 인용하는 산을 의미한다. 겨자씨는 아주 작은 물질을 표현할 때 인용하는 말이다. 크고 작은 것은 상대적이다. 큰 것은 더 큰 것에 비해서는 작은 것이 되고, 작은 것은 더 작은 것에 비해서는 큰 것이 되기 때문이다.

일미진중함시방(一微塵中含十方). 『화엄경』「법성게」의 한 게송이다. '한 티끌 속에 시방의 우주가 담겨있다'는 뜻이다. 예를 들면, 태양계 밖에서 지구를 보면 티끌처럼 보일 것이다. 그러나 티끌 속에는 70억이 넘는 인구가 살고 있고, 오대양 육대주가 담겨있다.

반대로 한 티끌을 무한대로 확대해보면 우주보다 더 크게 보일 수도 있다. 우리 몸의 세포를 현미경으로 수억 배 확대해서 보면 이해가 될 것이다. 요즘 최첨단의 상징인 메모리 칩을 생각해보자. 손톱만 한 메모리 칩 속에는 수천만 권의 책이 담겨 있기도 하다.

그러나 큰 것이든 작은 것이든 이 또한 결국은 생로병사와 성주괴공을 벗어날 수는 없다. 그러므로 크고 작은 분별에 집착하여 스스로의 마음을 복잡하게 만들 것이 아니라, 있는 그대로 보고 받아들일 줄 아는 직관(直觀)의 힘을 길러야 할 것이다.

## 괴로움을 여의는 방법

달빛 은은히 숲 그림자 어른거리고
샘물 소리 졸졸졸 솔바람에 묻히었네.
산중에 사는 이가 무얼 그리 바라겠나?
무심히 살다보면 깨달음도 들르겠지.

○  불교에서 말하는 깨달음이란 근심과 걱정, 괴로움과 고통을 완전히 여읜 상태를 뜻한다. 108가지 근본 번뇌가 하나도 남아 있지 않다는 말이다. 그렇다면 고(苦: 괴로움)는 어디에서 오는가? 물론 잘못된 생각과 마음에서 온다.

억 겁의 전생을 거치며 쌓아온 업식을 하루아침에 없애려 한다는 것은 무모한 일일지도 모른다. 그럼에도 불구하고 이같이 잘못된 업식을 고치지 않으면 고의 윤회를 면할 수 없으니, 한시라도 빨리 고를 여읠 수 있는 방법을 찾아서 최선을 다해 고를 멸해야 한다.

첫째, 어떠한 일이 닥치더라도 의심하거나 불만을 가져서는 안 된다. 왜냐하면 세상 모든 것은 원인에 의한 결과가 서로 주고받는 자업자득, 인과, 인연의 결과이기 때문에 절대 더하거나 뺄 것이 없다.

둘째, 감정을 비우도록 노력해야 한다. 이 또한 인과의 모습에서 자유로울 수 없으니, 두 가지 감정 중에 좋은 감정을 찾으면 찾을수록 나쁜 감정이 생기기 때문에 이 둘의 감정을 떠나서 중도(中道)의 마음을 갖도록 노력해야 한다.

셋째, 평안의 업을 얻기 위해서는 내 것이라고 하는 마음의 병을 비워내야 한다. 그러기 위해서는 억지로라도 보시하는 습을 길러야 한다.

넷째, 물리적인 습을 통한 업을 조금씩이라도 고쳐나가야 한다. 매일 시간을 정해놓고 반야심경을 한 편이라도 염송하거나, 또 정기적으로 참회의 절을 하는 방법도 좋다. 참선을 통하여 몸과 마음의 업을 모두 다스릴 수만 있다면 더할 나위 없이 좋을 것이다.

# 절대적 경지

흙 삶아서 어찌 밥이 될 것이며
기와 갈아서 어찌 거울이 될 것인가.
음식을 종일 말한들 배부를 리 만무하고
말하고 생각한다고 어찌 고민을 없앨 것인가.

○  불립문자(不立文字), 교외별전(敎外別傳), 언어도단(言語道斷)이라는 말이 있다. 선가(禪家)에 전해오는 절대적 경지를 가리키는 말들이다. 문자를 세울 수 없고, 가르침 이외의 별전이 따로 있으며, 말이 완전히 끊어진 상태라는 뜻이다. 결국 이 세계로 들어가야 업(業)을 멸할 수 있다.

우리가 말하고 생각하고 행동하는 모든 업은 인과를 벗어날 길이 없다. 아무리 좋은 말을 하고, 머리를 쓰고, 최선의 행동을 한다 하더라도 그 대가를 반드시 치르게 되고 만다. 즐거운 마음과 괴로운 마음은 선택의 여지없이 언젠가는 둘 다 찾아오고야 말 것이다.

따라서 글이 해결해줄 수도 없고, 더군다나 배워서 될 문제도 아니다. 그야말로 말로서는 알 수 없는, 깨달음이라는 경지에 들어가지 않고는 인과의 고통과 괴로움을 벗어날 길이 없다. 이를 해결하기 위해서는 모든 분별된 말과 생각, 행동을 하지 않아야 한다.

알량한 이익을 위해 함부로 말하고 생각하고 행동하는 것은 흙으로 밥을 짓는 것과 같고, 기와를 갈아서 거울을 만드는 것과 같으며, 음식을 종일 말한들 배부르지 않는 것과 같다. 그러므로 인과의 흐름을 그저 무심히 바라보며 마음을 차분히 할 뿐, 이러쿵저러쿵 오두방정을 떨면 마음만 복잡하게 된다.

# 팔만대장경이 머릿속에 다 들어있다 해도

밥을 이야기해도 배는 부르지 않고
그림의 떡으로는 주린 배를 채울 수 없듯이
팔만대장경이 머릿속에 다 들어있다 해도
행하지 않으면 그림 속의 떡과 같다네.

O  연기법, 즉 인과의 이치를 알면 연각승(緣覺乘)이 된다. 고집멸도 사성제의 이치를 체득하면 성문승(聲聞乘)이 된다. 육바라밀행을 철저히 수행하면 보살(菩薩乘)이 된다. 이 세 가지를 수레에 비유하여 삼승(三乘)이라 일컫는다. 연각승과 성문승은 이치를 깨우치는 데 주로 중점을 두는 반면, 보살승은 실천 중심의 육바라밀행을 통해 깨달음을 얻는 것이 특별한 점이라 하겠다.

보시, 지계, 인욕의 마음을 한시도 놓지 않고 정진(精進)하면, 매사가 인과와 팔정도를 실천하는 삶이 된다. 곧 선정(禪定) 속의 삶이 된다. 그 다음은 완벽한 지혜가 나타나서 일체의 고민이 없는 완전한 삶을 이루게 될 것이다.

# 이 한 생각 고치면

한 생각이 곧 헤아릴 수 없는 시간이고
억 겁의 시간이 곧 한 생각에 불과하네.
이 한 생각 고치면 죽음도 면할 수 있고
이 한 감정 멈추면 부처가 따로 없네.

○   의상 조사는 「법성게(法性偈)」에서 "한없는 긴 시간도 한 생
각 속에 들어있고, 한 생각 속에 무량한 시간이 들어있다(無量遠
劫卽一念 一念卽是無量劫)"라고 했다. 이 또한 한마디로 줄이면 일
체유심조(一切唯心造), 즉 '모든 것은 마음이 만든다'는 뜻이다.

같은 시간이라 하더라도 즐거운 시간은 금방 가고 힘든 시
간은 더디게 간다. 그러나 깨친 이의 시간은 자유자재하다. 시
간이 따로 없다는 뜻이다. 그래서 생사와 생멸이 없다. 분별하
는 마음이 없기 때문이다.

따라서 깨치지 않으면 생사와 생멸, 생로병사의 시간이 생
겨날 수밖에 없다. 아무리 좋고 훌륭한 삶을 살더라도 욕심과
분별심이 있는 한, 고통과 괴로움을 스스로 만드는 것, 그 이상
도 이하도 아니다. 하루빨리 마음을 깨쳐 윤회의 고통을 벗어나
야 한다.

# 깨친 자와 중생의 차이

조주 선사가 마당을 쓸자 먼지가 일었다.
이를 본 한 스님이 물었다.
"스님은 고승이신데 왜 티끌이 있습니까?
"모두 바깥에서 온 것이니라."
"절은 청정한 곳인데 어찌 그러합니까?
"여기 또 티끌이 하나 더 생겼군."

O  부처님이나 조사와 같이 마음을 깨친 이와 깨치지 못한 우리 중생의 차이점은 무엇일까?

한마디로 마음을 깨치면 감정의 마음이 일어나지 않는다. 깨친 이는 설사 목숨이 오가는 처절한 환경에 처한다 할지라도, 결코 마음이 흔들리거나 감정의 변화가 생기지 않는다. 몸으로 오는 통증은 느낀다 하더라도 마음이 괴롭다거나 고통스러운 것은 아니다.

따라서 몸으로 받는 생로병사의 업은 있으나, 마음으로 느끼는 희로애락의 업이나 생사윤회의 업은 없다. 이는 '좋다 나쁘다, 옳다 그르다'의 분별심 자체가 일어나지 않기 때문이니, 언제 무슨 일이 닥치더라도 고요함 그 자체라 할 수 있다.

반대로 깨치지 못한 중생의 경우는 스스로 마음의 감정을 일으켜서 생사와 시비의 업을 만든다. 그렇게 자신의 자업(自業)에 걸리어 다람쥐 쳇바퀴 돌듯 도탄에서 헤어나오지 못하는 것이다.

# 가장 좋은 기도

한 바라문이 부처님께 물었다.
"악행을 하는 사람도 기도를 하면 성취가 되는지요?"
부처님께서 되물었다.
"연못에 돌을 던져놓고 떠올라라 기도하면 떠오르겠느냐?"

O   참다운 기도는 무엇을 성취하기 위해 하는 것이 아니다. 무엇이 되고 안 되고는 오직 인과의 이치에 따라 이루어지는 것일 뿐이다. 이미 원인에 의해 결과가 맺어지는 것이므로, 기도를 한다고 될 것이 안 되고 안 될 것이 되는 것은 아니다. 진정한 기도는 분별하는 마음을 잠재워 없애는 것이다. 집착을 끊고 있는 그대로를 받아들여 마음이 흔들리지 않도록 함에 있다.

가장 좋은 기도는 바라는 마음 자체가 없는 것이다. 만약 바라는 것이 성취되지 않는다 하더라도, '인과의 작용이 이렇게 나타나는구나' 하고 스스로의 마음을 달래어 편안히 해야 한다. 원인은 나에게 있음을 알고 집착하지 않음으로써, 또 다른 인과의 원인을 만들지 말아야 한다. 항상 마음을 놓고 또 놓아 집착에서 오는 고통의 씨앗을 심지 않아야 한다.

기도는 인과를 굳게 믿어 신심을 다져나가는 것이고, 참선은 분별하지 않음으로써 마음을 늘 편안하게 해주는 것이며, 보시는 집착을 여의어 여여한 마음을 갖도록 하는 것이니, 이를 꾸준히 실천하여 늘 평안한 마음을 유지시켜주는 것을 정진이라 한다.

## 즐거움도 찾지 말라

웃는 것 좋아하여 계속해서 웃었더니
어느새 싫증나서 저절로 울어지네.
오늘 한번 울었으니 내일 한번 웃어볼까?
아서라, 굳이 원치 않아도 스스로 오는 것을.

O  돈이 없는 사람은 돈에 깔려 죽더라도 돈이 있었으면 좋겠다 하고, 막상 돈에 깔려 죽을 지경에 있는 사람은 돈만 치워 주면 은인으로 삼겠다고 한다. 사람은 어느 상황에서도 더 좋고 나은 것을 찾으려 하는 욕심이 생기는 고로, 이를 성취하기 위해 스스로 힘들어하며 고통을 호소한다.

즐거움과 괴로움은 서로를 의지하여 나타나는 것이므로, 어느 하나만 일방적으로 나타날 수는 없다. 사람은 편안하고 즐겁고 기쁘고 행복한 감정을 갖기 위해, 갖은 욕심을 부리며 기를 쓰고 온갖 행동을 통해 이를 찾고자 한다. 하지만 결국 욕심을 부리고 원하는 것을 찾는 만큼, 불편하고 괴롭고 슬프고 불행한 감정을 갖게 된다.

부처님께서 가르쳐주신 내용을 집약한다면, 그것은 딱 하나로 정리할 수 있다. 상반된 두 감정을 버리고, '이것이다 저것이다' 분별하지 않는 중도(中道)의 마음을 가지라는 것이다. 즐거움을 찾으면 괴로움이 생기므로, 괴로움을 없애려면 즐거움도 찾지 말라는 뜻이다. 그렇지 않으면 즐거움과 괴로움의 두 감정은 서로를 의지하여 영원토록 윤회할 수밖에 없으므로, 이를 모두 버리라고 하신 것이다.

# 저승사자를 따돌리다

염관 화상 휘하에 한 원주스님이 임종하려 할 때
저승사자가 와서 데려가려고 하였다.
이때 원주스님이 부탁하였다.
"내가 사중(寺中)의 일만 맡아 하느라 수행을 하지 못하였으
니 7일만 기다려 줄 수 있겠는가?"
이에 저승사자가 말하였다.
"기다리시오. 염라대왕께 여쭈어보고, 만약 허락하신다면
7일 후에 다시 올 것이오."
그 말을 마치고 돌아가서 7일 후에 돌아왔으나,
원주스님은 찾을 수가 없었다.

O    원주스님이 보통의 중생심에 맞추어 살다가 저승사자의 눈높이에 걸리었으나, 7일 만에 업장을 소멸하고 마음을 깨쳐 저승사자의 눈높이에서 사라졌다는 이야기다.

불교에서는 유위(有爲)세계, 즉 존재하는 세계를 크게 세 단계인 삼계(三界)로 나눈다. 삼계는 욕계(欲界), 색계(色界), 무색계(無色界)를 뜻한다. 욕계는 욕심이 있는 여섯 세계요, 색계는 욕심은 없으나 형상의 과보만 있는 18단계로 된 아라한의 세계이며, 무색계는 4단계로 이루어진 보살세계를 말한다. 모두 합하여 삼계 28천(天)이라 하는데, 이는 곧 28단계의 마음을 뜻하는 것이다. 물론 단계를 올라갈수록 마음의 평안지수, 즉 행복지수가 높아진다.

그러면 28천 아래 수미산 밖의 남섬부주에 사는 인간들의 마음상태는 어떨까? 업이 비슷한 동업(同業) 중생들이기 때문에 보는 눈이나 듣는 귀, 생각하는 모습들이 서로가 거의 비슷한 눈높이에 있다. 때문에 사천왕과 도리천의 제석천왕, 그 이상의 하늘은 보이지도 않거니와 들릴 수도 없다.

물론 업장을 소멸하고 탐·진·치 삼독심을 버리고, 마음을 얼마나 맑히느냐에 따라 당장이라도 수미산의 사천왕과 제석천왕을 비롯해 아라한이나 보살, 부처님을 만날 수도 있는 것이다. 더욱 신심을 내어 기도와 정진을 통해 마음을 맑혀나가야

한다. 사천왕과 제석천왕을 만나는 그때가 되면 내 마음의 눈높이는 상상할 수 없을 만큼 달라질 것이다.

# 그대, 어떻게 할 것인가

높은 벼랑 나무에 사람이 매달려있다.
입은 나뭇가지를 물고 있고 손은 뒤로 묶여있다.
천 길 밑에서는 부처가 무엇인지 말하면 구해주겠다 한다.
말을 하면 떨어져 죽는 상황, 어떻게 할 것인가?

○   생사(生死)가 오고 가는 매우 난감한 상황이다. 이런 물음은 선가(禪家)에서 종종 있는 화두 공안(公案)의 일종으로서, 그 사람의 근기를 알아보는 법거량(法擧量) 중의 하나다. 많은 논란이 있겠으나 의외로 해답은 간단하다. 대답을 어떻게 할 것인가의 문제가 아니라, 이 같은 상황에 직면해있을 때의 마음의 상태가 어떠한가의 문제다.

'산다, 죽는다' 하는 관념에서 벗어나라는 의미로서 곧 분별하지 말라는 뜻을 내포하고 있다. 생사에 대한 분별이 없다면 무엇이 문제가 되겠는가. 나고 죽는 것은 분별심이다. 산다는 관념이 있으니 죽음이 생겨난다. 산다, 살아있다, 살아간다는 관념이 없다면 죽는다는 관념 또한 사라지고 없다.

삶이란 인과가 끊이지 않고 윤회하는 수레바퀴와 같은 것이어서, 궁극적으로는 누구나 더 얻고 더 잃는 것도 없고 더 좋고 더 나쁜 것도 없다. 문제는 이 고리에서 벗어나는 길밖에 없다 하겠으니, 백척간두에서 두 발을 내딛을 만큼의 분별심을 없애는 것이 그 해답이라 할 것이다.

# 나는 로봇인가

바다는 바람 불지 않으면 스스로 고요하고
거울은 흐리지 않으면 저절로 비추고
마음에 집착 담기지 않으면 스스로 맑아지고
시비 벗은 얼굴은 저절로 온화하네.

○    사람들은 생각하고 행동하는 자신을 스스로 주체라고 믿는다. 이를 아상(我相)이라 한다. 그러나 엄밀히 따져보고 자세히 살펴보면 업이라는 주체에 종속된 그림자라고 할 수 있다.

세상 모든 것은 자기라고 할 만한 주체가 없다. 모든 것은 다른 모양으로 변하고 사라지기 때문인데, 방금 전의 생각과 지금의 생각이 다르고, 시간이 갈수록 같은 모양 같은 모습은 어디에도 찾아볼 수 없기 때문이다. 그리고 인과의 업에 의해 인연 지어질 뿐, 주체적으로 이루어지는 것은 아무것도 없다. 왜냐하면 원인을 지었으면 그 결과가 자동으로 나타나기 때문이니, 태어난 원인으로 죽어야 하는 결과가 이미 정해져있듯이 말이다.

그러면 지금의 나라고 주장하며 믿는 것의 실체는 무엇일까? 이 또한 원인으로 지어진 업에 종속되어 그 결과로서, 이미 정해진 프로그램에 의해 생각하고 움직이는 로봇에 불과한 것이다. 그러므로 다람쥐 쳇바퀴 도는 로봇의 삶에서 벗어나려면 그저 생각을 쉬고, 감정을 잠재우며, 나라는 주체의 아상을 버려야 한다.

진정코 이러한 마음의 상태가 된다면, 그 어디에도 걸림이 없는 무애자재의 행동이 나오게 될 것이다. 분별의 바람 불지 않는 마음은 고요해지고, 생각으로 흐리지 않는 마음은 거울같이 만상이 그대로 비추어지며, 시비와 분별 없는 마음은 저절로 맑아져서, 몸과 생각과 얼굴에는 온화한 자비가 흘러넘치게 된다.

# 깨달음은 어떻게 오는가

한 수좌가 조주 스님께 물었다.
"제가 깨달음을 얻고자 합니다."
"몹시도 힘을 쓰는구나."
"힘쓰지 않으면 어떻게 됩니까?"
"그럼 깨치지."

○ 조주(趙州) 스님은 중국 당나라의 선승으로, 법명은 종심(從諗)이다. 120세까지 장수한 스님으로 유명하고, 선가에서는 빠뜨릴 수 없는 스승으로 추앙받고 있다. "차나 한 잔 하고 가게(喫茶去)"라는 말로 많은 선승들을 깨우치게 하였다.

깨침을 한마디로 표현하자면, 일체의 근심걱정과 모든 괴로움이 사라진 상태를 가리킨다. 즉 번뇌 망상이 끊어졌다는 말이다. 힘을 쓰고 있다는 말은 무슨 뜻인가? 필요한 것이 있기 때문에 애를 쓴다는 말이다. 무엇이 필요하여 힘을 쓰는가? 근심걱정과 괴로운 마음이 사라진 상태, 즉 깨달음을 위해 힘을 쓴다는 것이다. 근심걱정과 괴로움은 왜 생길까? 내가 바라고 원하는 것이 마음대로 잘 안 되기 때문에 생기는 마음의 현상이다. 왜 마음대로 안 되는 걸까? 나는 이것을 원하는데 원하지 않는 저것이 생기기 때문이다. 왜 원하지도 않는데 생기는 걸까? 이것과 저것은 동전의 양면과 같다. 동전의 앞면만을 원하는데, 원하지 않는 동전의 뒷면이 자동으로 생겨나는 이치다.

그러므로 애를 쓰면 쓸수록 원하면 원할수록, 원하지 않는 저것도 함께 생길 수밖에 없다. 반면에 애쓰지 않고 원하지 않으면, 원하지 않는 저것 또한 생기지 않을 것이다.

해가 뜨는 것만 원하는데 이미 뜬 해는 원치 않아도 반드시 지고 마는 것과 같고, 밝은 대낮만을 원하는데 원하지 않는 밤이 반드시 오는 현상과 같다. 해 뜨는 것에 무심하면 해가 지는 것에도 무심하고, 밝은 낮에 무심하면 어두운 밤인들 무심치 않겠는가. 그러므로 애초에 바라는 마음이 없으면 해가 뜨거나 지거나 낮이거나 밤이거나 업연(業緣) 따라 가고 오는데, 굳이 상관하여 무엇하랴.

일상생활 또한 이와 다르지 않다. 작은 일이나 큰 일이나, 내가 그리 애쓰지 않더라도 한 치 오차 없이 잘도 돌아가고 있다. 내가 원하는 것만 살짝이 내려놓는다면, 그 즉시 몸과 마음의 업장(業障)은 소멸되고 말 것이다. 그리하여 편하고 편한 마음 속 극락이 찾아들 것이다.

## 두려워하지 않는 힘

ⓒ 진우, 2019

2019년  6월 17일 초판 1쇄 발행
2024년 10월 31일 초판 9쇄 발행

지은이 진우
발행인 박상근(至弘) • 편집인 류지호 • 편집이사 양동민
편집 김재호, 양민호, 김소영, 최호승, 하다해, 정유리 • 사진 최배문, 불교신문
디자인 쿠담디자인 • 제작 김명환 • 마케팅 김대현, 이선호 • 관리 윤정안
콘텐츠국 유권준, 김대우, 김희준
펴낸 곳 불광출판사 (03169) 서울시 종로구 사직로 10길 17, 301호
        대표전화 02) 420-3200 편집부 02) 420-3300 팩시밀리 02) 420-3400
        출판등록 제300-2009-130호(1979. 10. 10.)

ISBN  978-89-7479-675-4 (03810)

값 16,000원

잘못된 책은 구입하신 서점에서 바꾸어 드립니다.
독자의 의견을 기다립니다. www.bulkwang.co.kr
불광출판사는 (주)불광미디어의 단행본 브랜드입니다.